反派未婚妻
總在換人設
紀嬰 著
第二部・嬌氣包與大魔王?!
中

目錄
CONTENTS

第七章　瑯琊祕境

謝鏡辭的刀很快。

反派往往死於話多，通常小嘴一張開始喋喋不休，便錯失了解決主角的最佳時機，旋即遭到無情反殺。

她拔刀後一向不喜多言，鬼哭刀出鞘之際，斬開身邊層層霧氣，有如疾光幻影，直撲溫知瀾。

東海靈力稀薄，他們一行人的修為或多或少受了影響，無法放肆施展；然而蠱師以蠱蟲為媒介，並不依賴天地靈氣，在這場對決裡，占據了天然的優勢。

更何況溫知瀾憑藉邪骨，在無數平民百姓鮮血的滋養下，已經煉成了元嬰。

鬼哭乃是殺人無數的邪刀，在洶洶邪氣之下，竟未顯出絲毫頹色，反而戰意高漲，通體散發出血一樣的紅光。

第一擊，刀光繚繞，橫掃而過，鋒利難當的殺氣凝作實體，攻向不遠處樣貌妖異的高挑青年。

溫知瀾眼裡仍是不屑，眸光一暗，迅速側身避開。

緊接著，便是紛亂如雨、令人目不暇給的刀擊。

「年紀輕輕，不知天高地厚。」

眼前的刀法滴水不漏，每次出手皆是煞氣十足，不留任何喘息的餘地。他厭倦了一味躲閃，不耐地皺起眉頭，修長蒼白的手一旋，掌心裡出現一個橢圓形蠱皿。

顧明昭忍痛吸了口氣：「當心，那是他煉出的蠱蟲，千萬別被碰到！」

但見蠱皿一搖，頂上圓形的蓋子掀開，從中現身的卻並非毒物，而是一團形似毒蠍的巨大黑影。

——不過須臾，那道影子便抽搐般猛地一抖，如同餓了許久肚子的狼終於找到獵物，朝她狂奔而來！

「噬心蠱。」白寒抬手拭去嘴角鮮血，此時情緒平穩，她身上的青筋與蠱蟲漸漸消退，恢復了白淨的面容：「一旦被纏上，蠱蟲入體、萬蟻噬心，求生不得求死不能，姑娘務必當心。」

「多謝。」

謝鏡辭頷首致謝，體內靈力有如雲蒸霧繞，徐徐上湧。邪氣本欲侵入她口鼻，卻猝不及防，被一道劍光斬得七零八落。

「謝小姐。」裴渡低聲：「有我。」

無論如何，只要有他在，必不會讓蠱毒傷她。

毒蠍發出一聲尖嘯，龐然巨影竟散成數個小墨團，墨團悄然凝結，聚作黑漆漆的小型蠍子。

與謝鏡辭殺心極重的刀意不同，裴渡的劍氣凜然清冽，裹挾著寒冰轟然散開，有如銀河騰浪，盡除妖邪。

劍光不散，瞬息萬變，眼看向他逼得越來越近，立於邪氣中心的青年眼珠一轉。

他藏身在暗處，曾特地觀察過這幫人。

凌水村默默無聞，又很少出現值得一提的大怪物，來到這裡的，往往是築基左右的尋常修士。

但這幾個顯然皆在金丹以上，其中裴渡更是實力強勁。因此，即便知道自己正在被他們調查，溫知瀾也不敢貿然下手，只能靜觀其變。

事實證明，他的擔憂是正確的。

只對付謝鏡辭與裴渡兩人，就已經讓溫知瀾有些吃力，倘若孟小汀和莫霄陽趕到，戰況只會更加一邊倒。

他絕不能拖延，必須在另外兩人前來之前結束戰鬥——愛管閒事的小輩、對他和他娘趕盡殺絕的水風、那僥倖活下來的白家二小姐，一個也不能留。

今夜發生的一切，將成為唯有他一人知道的祕密。

溫知瀾薄唇輕勾，嘴角揚起妖異淺笑，瞳孔本是漆黑，卻在此刻蒙著猩紅血色，隨著血紅加深，青年體內黑氣狂湧。

在他耳邊，傳來女人的聲音，宛如鬼魅，飄渺非常：「殺了他們，瀾瀾。就是因為這些自詡正派的修士，我們母子才會落到這般下場……報仇，一定要報仇！」

「這是——」謝鏡辭微詫：「心魔？」

隨著邪氣漸濃、低語聲起，在溫知瀾空空如也的身側，出現了一個伶仃瘦弱的女人身影。

那道影子黑紅混雜，混沌不堪，在夜色裡上下起伏，沒有五官輪廓。謝鏡辭看一眼，便覺得識海發痛，直犯噁心。

「心魔就算外化，也不可能強大至此。」裴渡蹙眉：「這應該是寄生在他體內的魔。」

心魔往往藏在人的識海深處，不會輕易化形，更何況這道影子渾身散發著邪氣，明顯擁有不弱的力量。

眼前的女人自稱「母子倆」，很可能是當年死在潮海山裡的溫知瀾娘親。

——可他娘親不是早就沒命了嗎？

來不及等謝鏡辭做出反應，女人從喉嚨裡擠出暗啞破碎的笑，手腕一動，魔氣凝結，湧向眾人。

一時間魔氣如潮，蟲蟲紛飛，空氣裡充斥著女人肆無忌憚的大笑，撕裂耳膜。

謝鏡辭暗罵一句，提刀上揚，擋在顧明昭身前，接下重重一擊。

這麼多蟲子，差點讓她密集恐懼症發作，邪修不愧是邪修，在噁心人的造詣上登峰造極，無人能比。

尤其是溫知瀾一邊狂笑著引爆蠱蟲，一邊欣喜出聲：「娘，妳說我做得對嗎？」

就像個頭大身子小的媽寶巨嬰。

「二位不必擔心我們。」白寒竭力起身，一向毫無表情的臉上，因這一分凜然與決絕，終於顯出些許人情味：「我也是蠱師，在抵禦蠱毒之事上略懂一二。」

顧明昭帥不到三個吐息，經過方才的全力一擊，成了癱坐在地的廢物，聞言拼命點頭：「我會好好待在她身後，保護村長的！」

溫知瀾的攻勢越來越凶，局勢緊迫，來不及猶豫思考。

謝鏡辭沉沉點頭，與裴渡交換眼神。

目光於無盡夜色中短暫相接。

然後兩人同時動身。

少女身姿輕盈，側身避開一道黑影時，長裙外旋，蕩開瑰麗非常、卻也殺氣凌然的銳利弧度。

修真界道法萬千，與講求風骨的劍術不同，用刀之人，往往只求兩字：快、狠。

鬼哭破風而過，刀劍劃開紙張一樣的濃霧。在嗡鳴不止中，只能望見刀身不斷穿梭的漆黑殘影，短短一個瞬息，便已斬落遍地蟲屍。

她攻得凶，雙目晶亮，嘴角因酣暢淋漓的戰鬥輕輕揚起；身側的裴渡則是不緊不慢，凝神環顧四周，許多黑影尚未靠近謝鏡辭，就被劍光一分為二。

謝小姐若是想打，他就由著她去打，讓她開心便是。

海浪拍打岸邊的聲音越來越響，伴隨著蠱蟲此起彼伏的哀嚎，一時間有如山崩。

顧明昭仰頭望去，目光穿過漫天黑影，不自覺露出淺笑。

他是個不堪大用的神……萬幸，凌水村的大家還有救。

謝鏡辭欺身而上。

在一望無際的黑霧裡，她的身影是一道疾光，所過之處邪潮退盡，熠熠生輝。

不可能。

溫知瀾後退一步，握著手中最後一個蠱皿，指尖蜷縮。

這是他全部的力量，怎會有人在這種鋪天蓋地的攻勢裡活下來？更何況以她的修為，理應只是金丹——

他蠱蟲用盡，已快沒了籌碼。

可他還沒有如預想中那樣，把整個凌水村的人全踩在腳下。

「你們自認為正義，我和我娘又有什麼錯！」眼看對方步步逼近，溫知瀾的笑僵在嘴角，脊背發抖：「難道是我想要天生邪骨？每當看見鮮血，身體裡都會不由自主湧起渴望……那種感覺，你們根本不明白！我也是被逼無奈！」

謝鏡辭不語，凝神默念口訣，靈力上湧，揮刀而去。

蠱師習慣躲在暗處，對於近身作戰並不熟練。今夜若非白寒突然出現，恐怕他們永遠不可能找到溫知瀾的影子。

青年面色發白，緊盯著紅光一現，向身側急轉。

「娘……！」他險些摔倒，丟出身上最後一隻蠱蟲：「娘，我該怎麼辦？」

身後的女人並未應答。

溫知瀾話音方落，就聽見她聲嘶力竭的慘叫：「呃啊——！」

他心頭劇顫：「娘！」

原來謝鏡辭見那一刀被躲開，並未順勢退去，而是轉了軌跡，把刀往上引，不偏不倚，正中女人胸前。

「這不是你娘親，那女人早就死了。」

雖然不知道那道黑影形成的原因，但此時沒辦法細想太多。

謝鏡辭動作沒停，欺身再上。

溫知瀾咬牙還擊，身為一名元嬰級別的修士，他哪怕近戰再不濟，實力仍是不容小覷。

「你沒有錯？」謝鏡辭回以冷笑：「天生邪骨，只會渴望血肉，倘若好生修煉，與尋常修士並無兩樣。你娘的命是命，凌水村裡的其他人，就是一文不值的螻蟻麼？」

溫知瀾嘴唇顫抖，默然不語。

「後來你為奪取祕笈，屠盡白家滿門，莫非這也是邪骨作祟？只不過是個利慾薰心的強盜，何必給自己找藉口。」她刀法愈發迅捷，眉間凝了層寒霜：「像你這種人，死有餘辜。」

嗓音落下，有如清流迴響，落在呼嘯夜風之上。

剎那間，只見天地間寒芒乍現，一束刀光刺破蒼穹，海浪掀起滔天之勢，吞沒萬物——

鬼哭嗡然，邪氣無路可退，轟然散開。

謝鏡辭的話語敲在耳中，震得他頭皮發麻。

溫知瀾眼睜睜看著刀尖逼近，頭一回露出茫然的神色。

他敗了。

他怎會敗給一個金丹期的小輩？他分明天生邪骨，自幼不凡，甚至得了白家傳承百年的祕術，在她的刀下，怎麼可能毫無還手之力。

她還說，一切都是他的錯，篤定決絕，不留情面，彷彿將他披在身上的偽裝一把揭開，讓他無地自容。

娘親仍在哭嚎著：「你們的錯，全是你們的錯！殺光他們，瀾瀾，快殺光他們，給我報仇！」

謝鏡辭的刀並未刺進他脖頸，在毫釐之距的地方堪堪停下。

她和裴渡體內被種了蝶雙飛，解鈴還須繫鈴人，想解開，必然少不了身為罪魁禍首的溫知瀾。

然而正是這短暫的停滯。

面無血色的青年輕抬眼睫，眸光翕動，半晌揚起嘴角，露出意味不明的笑。

謝鏡辭下意識覺得不妙，隱約猜出他的意圖，剛要收刀後退，便聽見裴渡的聲音。

「謝小姐！」

謝鏡辭不是毫無戰鬥經驗的菜鳥，在察覺到不對勁的瞬間，立刻彙聚周身靈力，凝出了簡易的護盾。

因而當溫知瀾爆體身亡，洶洶邪氣猛然襲來，她並未在第一時間受到致命重創，僥倖保住一條命。

當然，其中最大的功勞，還是裴渡來得及時，沒有猶豫地擋在她身前。否則以謝鏡辭所剩不多的靈力，恐怕難以抵禦那般猛烈的衝擊。

溫知瀾死了，帶著身後來歷不明的女人黑影，在驟然爆開的邪氣裡屍骨無存。

邪骨被盡數碾作灰燼，當霧氣散去、月色破開烏雲，血紅的灰土被海風揚起，攜著瑩瑩亮色墜入水中，很快不見蹤影。

謝鏡辭從裴渡懷裡出來，一抬眼，便見到遲遲趕來的莫霄陽和孟小汀，在兩人身後，還有好幾個手握鋤頭和魚叉的村民。

其中一個男子左顧右盼，雖然止不住發抖，但還是舉高了手裡的魚叉：「奇、奇怪，我之前還看見這邊有好濃好濃的黑霧，怎麼——哎呀，村長、顧明昭！你們這是怎麼回事？蠱師呢？他在哪兒？」

他身側的女人同樣臉色發白：「各位莫要害怕，神廟有異，我已經通知了村裡的其他人。管他蠱師有多厲害，我們一起上，和他拼了！」

「夫子、顧哥哥！」一個小孩從礁石後竄出來，撲向村長身邊：「你們怎麼流了這麼多血？」

之前說話的女人瞪圓雙眼，一把提起他的後領，語氣凶巴巴：「你怎麼跟過來了？不是讓你好好待在家做功課嗎？從來不讓人省心！」

男孩癟嘴：「我……我擔心你們嘛。」

謝鏡辭暗暗鬆了口氣。

她好像有些明白，哪怕被所有人遺忘，顧明昭還是會選擇繼續守護這個村子了。

「蠱師已經被幾位道長除去，還有——」

村長吃了白寒給的藥，勉強開口出聲。說到一半，忽地神色微變，不動聲色地看顧明昭一眼。

年輕人保持著不變的笑，朝她眨眨眼。

她一定能明白他的意思。

老嫗垂眼輕笑，發出微不可聞的嘆息：「還有這位白寒姑娘，同樣出了力。」

「等等，」謝鏡辭揉揉腦袋，身形兀地一僵，「溫知瀾死了，我們身上的蠱毒怎麼辦？」

「謝小姐可是中了蠱？」白寒披著顧明昭遞來的外袍，嗓音溫和：「他的術法大多來自白家，說不定我能代為解除。」

莫霄陽沒趕上大戰，懊惱得捶胸頓足：「結束得太快了吧？溫知瀾為什麼不能再多堅持一下？」

孟小汀睨他一眼：「還不是因為你帶錯路，讓我們在山裡打轉。」

她說著一頓，露出好奇之色：「對了，溫知瀾不是男子嗎？為何我從山頂往這邊望，隱約見到一個女人的身影？」

謝鏡辭搖頭：「那好像是附身在他體內的魔氣，我也不——」

等等……附身在體內的魔氣。

謝鏡辭下意識戳了戳自己的識海，沒有回音。

「這個我應該可以解釋。」顧明昭不愧是見多識廣的上仙，見她神色怔忪，接過話：「聽說當修士的執念強到一定程度，魔氣與神識相連，會產生具有自我意識的邪魔，附著在他人體內。邪魔雖然會繼承那人的記憶，本質卻遠遠不是同一個，比起『人』，更像是負面情緒被無限擴大後的廢料。」

他說罷沉吟稍許，下了結論：「這種情況極為罕見，我也是頭一回遇到。簡而言之，那是純粹的、極致的惡。」

之前乍一見到那抹影子，顧明昭只覺驚訝詫異，後來細細一想，很快明白了其中端倪。

溫知瀾娘親以前是個邪修，加之幹了殺人取血的勾當，難免會滋生魔氣，被心魔纏身。

真正的她早已死去，附著在溫知瀾識海裡的，其實是一股魔氣偷走了那女人的記憶，偽裝成她的模樣，引他墮落，吞噬他心中越來越深的惡意。

邪魔以惡念為食。

謝鏡辭眉目稍斂。

像這種擁有自我意識的魔氣……她不是第一次見到。裴渡腦海中的那團黑氣，便是如顧明昭所說，肆無忌憚徘徊在他身邊，軟硬兼施，只為進入識海。

但它如果真是魔氣汲取了某個人的記憶，又怎會知曉系統之事？執意想要進入裴渡體內，又是出於何種用意？

莫非——

「是姐姐打敗了蠱師嗎？」

男孩的聲音打斷思緒，謝鏡辭低頭，見到一雙澄澈明亮的眼睛。

「姐姐真厲害！我也能變得像姐姐一樣嗎？」

「當然可以啊。」謝鏡辭渾身上下沒剩多少力氣，輕笑一聲，蹲下摸摸他腦袋：「在那之前，要在村裡的學堂好好念書，爹娘和宋姨已經很辛苦啦，不要讓他們操心，好不好？」

男孩重重點頭。

「溫知瀾就這麼沒了，實在不解氣。」一個漢子咬牙：「我大哥就是被他……像他那種人，就應該天打五雷轟！」
「有小孩在，胡說什麼！」他身側的女人猛地一拍他後背。
男孩果然露出了茫然的神色：「天打五雷轟？」
「若是做了壞事，那就是懲罰。」村長溫聲笑笑：「所以小虎一定要做個好人，用功念書，孝敬爹娘，好不好？」
他鄭重點頭，似是察覺到什麼，抬起腦袋向天邊看去。
「那裡好像有雷！它是來懲罰壞人的嗎？」
如今靈力邪氣混雜，正是氣候大亂的時候，謝鏡辭沒做多想，順勢應聲：「沒錯哦。人在做天在看，每次落雷，世界上都有一個壞蛋被——」
她一句話沒來得及說完。
此時夜色四合，天邊暗藍色的亮芒便格外顯眼，那一瞬間，在場所有人都目睹了同一幅景象，男默女淚。
男孩大驚失色，翻著白眼甩著舌頭喊：「姐姐被天打五雷劈啦！」
謝鏡辭：「……」
大意了。這是她渡劫的劫雷。
此時的她絕不會想到，隨著蠱毒之變宣告終結，修真界將其作為茶餘飯後的閒談時，這件事也會以光速一傳十，十傳百。

「什麼?」龍逍從練功房裡出來，拭去滿頭大汗:「謝小姐在淩水村做出十惡不赦之事，被雷劈了?她對誰下手了?」

「什麼?」說書先生猛地一拍驚堂木:「謝小姐對裴公子做出罪大惡極之事，被雷劈了?她不是打死蠱師，積下功德了嗎?她還幹了什麼?」

「什麼?」謝疏瞳孔地震，手中瓷杯落地:「辭辭愛而不得打死小渡，然後被雷劈死了?」

謝疏覺得很恐怖!

謝鏡辭當然沒被雷劈死。

她因神識缺損，一直徘徊在金丹期大圓滿。俗話說水滿則溢，她體內洶洶湧湧的靈力充裕到快要爆開，如今劫雷乍起，刀意與靈氣如同受了感召，在經脈裡蠢蠢欲動。

「這不是天打五雷轟。」裴渡正色教育小孩:「是謂『渡劫』。謝小姐行善積德多日，才能得來此等福報。」

做好事會被雷劈，做壞事也會被雷劈，男孩困惑撓頭，他有些搞不懂了。

之前在歸元仙府，謝鏡辭曾見到不少人從金丹進階為元嬰。祕境裡靈氣飽滿，又受了散仙庇佑，是最適合渡劫的地方，若想突破，集聚天時地利人和，並不困難。

至於此刻，與當日的情況截然不同。

劫雷來臨之際，海上遊蕩的邪氣尚未消退，蠱蟲的氣息、零亂的黑霧、溫知瀾經久不散的魔氣怨氣充斥其中，一輪明月冷然靜默，映出野獸般翻騰呼嘯的海水。

凌水村不具備適宜渡劫的條件，然而天雷不等人，時機一到便是劈。謝鏡辭剛剛結束一場酣暢淋漓的戰鬥，勉強收回心緒，握刀凝神。

還能怎麼辦，只能硬捱。

雷光起，刀意生。

明亮刺目的落雷從九天而降，如利刃般撕裂夜幕。少女身形纖細挺拔，穩穩當當立於雷鳴聲中，手裡長刀一震。

四下風聲陡烈，呼嘯不止，連風中也夾雜著一往無前的刀意，所過之處凜冽冰寒，掀起海上層層水浪。

海面得了感應，浪潮一波接著一波，漸漸生出吞天之勢，一個浪頭撲上來，遮天蔽月。天空則是漫無邊際的黑，因雷光生出幽深詭譎的藍與白，漫天雲霞浮動，偶有鳥鳴聲，卻見不到影子。

村民們哪曾見過這般景象，一時間皆是凝神屏息，不敢直視雷光，紛紛瞇起眼睛。

立在雷裡的謝鏡辭自然更不好受。

積攢許久的靈力終於得以宣洩，有如天河洩洪，一股腦從識海湧出，帶著無可匹敵的勢頭橫衝直撞，浩瀚洶湧。

流竄的雷光浸入皮膚，與靈力、刀意交織碰撞，筋骨被三股力道來回碰撞，像野獸的利齒不斷撕咬，實在疼痛難耐，讓她不由咬牙。

若是尋常之人，面對此等凶悍天雷，定會落得屍骨無存的下場，而少女手中長刀乍起，靈氣橫生，竟將她牢牢護在中央，裹挾著無可匹敵的勢頭，抵擋了灼目雷光。

刀光如芒，第一道雷聲緩緩過。

男孩好不容易能睜開雙眼，仰頭望向天空，倏然顯出幾分驚慌失措：「怎、怎麼還有啊！」

元嬰之劫，天雷不只一道。

靈力四蕩，引得遠山上的群樹枝葉輕顫，天邊流雲時聚時舒，在溫知瀾留下的魔氣裡，更顯寒氣透骨。

渡劫之時絕不能有外人插手，裴渡只覺胸口被巨石死死壓住，微蹙了眉，暗暗握拳。

待最後一道劫雷落下，雷光散去，清雲悠然。

虛空之中彷彿生出一隻無形大手，將浩蕩的烏雲與烈風盡數拂去。之前籠罩四野的白光終於消退，在亮芒間，逐漸顯出一道無比熟悉的影子。

裴渡在心裡鬆了一口氣。

少女脊背仍是挺直，雙目瑩亮非常。外行看熱鬧，內行看門道，謝鏡辭的外形雖與從前沒有太大差別，身為修道者，他卻能瞬間感應到與眾不同。

說是一日千里、天差地別也不為過，如同無數條涓涓細流匯入江河湖海，勢不可擋。

她只需站在那裡，便是一把出鞘的刀。

謝鏡辭朝他笑笑：「我結嬰了。」

若非被琅琊祕境裡的怪物吞吃神識，按照謝鏡辭與裴渡旗鼓相當的實力，早就該結嬰。

她近來勤加修煉，在歸元仙府又積攢大量靈力，如今境界一破，修為立刻蹭蹭上漲，從金丹大圓滿直逼元嬰三重。

莫霄陽看得目瞪口呆：「元嬰三重境界？厲害厲害。第一次見到謝小姐，我就覺得深藏不露……妳是怎麼做到把修為壓得這麼死，在金丹期打轉的？」

他可清清楚楚記得，當初自己在道館被這位暴力碾壓的情景。

謝鏡辭摸摸鼻尖。

溫知瀾被她打敗時，曾萬般詫異，無論如何都不能接受自己被金丹小輩戰勝的事實。

其實不怪他沒能耐，實在是因為謝鏡辭扮豬吃老虎，滿身修為全被壓在金丹裡，要不是遲遲不能突破，境界定然比他更強。

時至此刻，蠱師之變終於告一段落。

顧明昭與白寒都受了重傷，村民們自動將兩人歸於力戰邪修的功臣，帶其前往醫館療傷。

白寒體內種了蠱蟲，不願讓旁人見到。孟小汀已從謝鏡辭的傳音裡得知了來龍去脈，見她遲疑著想要拒絕，主動請纓：「我略懂醫術，為姑娘上藥一事，交給我便是。」

莫霄陽點頭：「村裡的醫館，我也能幫忙——我身上備了些靈藥，應該會有用。」

一名村婦上前一步：「醫館人滿，沒有空餘床鋪，兩位姑娘不如去我家吧。」

她身旁的漢子扛著鋤頭，正了色：「顧明昭，平日還看不出來，原來你小子這麼不得了——什麼時候等你痊癒，咱們組個酒局，喝他個不醉不歸！」

村長神色複雜，輕咳一聲。

顧明昭倒是笑得自然，抹了把滿臉的血，聞言點頭：「好！我要喝最烈的！」

謝鏡辭暗暗鬆了口氣。

今夜她與裴渡四處奔波，靈力已經沒剩下太多，更何況她方才受了雷劫，正是需要好生修養的時候。眼見大家都有了去處，謝鏡辭輕輕戳一戳裴渡衣袖：「你是不是很累了？我們先回客棧休息吧？」

少年握緊湛淵劍鞘，沉沉點頭。

他心知雷劫是每個修真者必經的劫數，但眼睜睜見到謝小姐立在雷光裡，還是會覺得心裡難受。

東海邪氣橫生，雷光落下之時，她雖面色不改，體內卻刺痛不已，靈力洶洶。

裴渡前所未有地想要抱她。

然而此處有太多旁人，若是貿然上前，以謝小姐的性子，或許會覺得他黏人。他好不容易才能得到她的喜歡，凡事都不敢逾越。

湛淵劍被換到左手上。

少年食指微動，輕輕伸了右手，觸碰並肩而行的少女手背。謝鏡辭心有所感，垂眸低頭。

裴渡的食指一勾。

靜悄悄的動作，卻足以讓心頭猛地一跳。

他們似乎從未嘗試過一次正經的牽手。

謝小姐沒有反抗。

他眼底悄然浮起一絲笑，手指上攀，倏然合攏。女孩子的手溫溫軟軟，被包在手心裡，讓裴渡想起安靜的雛鳥。

他在牽……謝小姐的手。

……真的好小好軟，稍稍用力握，像被軟綿綿的香氣包裹住整個識海。

在學宮裡的時候，哪怕是偶爾想像這樣的景象，都能讓他情不自禁揚起嘴角，面上生熱。

裴渡把靈力彙聚在手心，緩緩傳入她體內，感受經脈漸漸活絡：「還疼嗎？」

「我哪有那麼嬌弱？」謝鏡辭笑著覷他：「倒是你，這裡這裡還有這裡，全都是傷，要不我們先去醫館，找人擦擦藥？」

之前迎戰溫知瀾，蠱蟲和邪氣一併湧上來，是裴渡為她摒退大部分襲擊。

他雖身無大礙，但在那般猛烈的襲擊下，難免受點外傷。

裴渡卻是搖頭：「我自行解決便是，小傷不礙事。」

他說得一本正經，猝不及防，瞥見謝小姐眼底的笑。

裴渡心臟咚咚一聲響。

「說的也是，這是回客棧的路。」她說著兩眼一彎：「我今晚有空哦。」

裴渡神色怔忪。

裴渡耳根驟紅。

裴渡沒注意腳下一顆圓圓滾滾的大石頭，毫無防備地走過，連帶著謝鏡辭一併摔倒在地。

今夜的客棧格外安靜，潮海山裡出了那檔子事，不少村民受了傷。醫館忙不過來，沒受傷或傷勢較輕的，全都自願去館中幫忙。

因此當裴渡小心翼翼為謝鏡辭擦藥時，屋子裡靜得可怕。

他們兩人在與溫知瀾的對決裡所向披靡，轉眼便被一塊路邊石頭幹趴下，額頭雙雙腫起小包。

身後的村民們全都看呆了，還以為這兩位道長蠱毒發作，雙雙暴斃身亡，一股腦湧上前，才見到裴渡爆紅的臉。

「謝小姐。」他不敢用力，指尖輕輕擦過她的膝蓋：「……對不起。」

謝鏡辭摸摸頭上的小包，噗嗤笑出聲：「這已經是你的第九次『對不起』了。」

她心情不錯，繃直小腿坐在床邊，垂著眼，打量半跪在地的少年。

裴渡膝蓋只淺淺破了層皮，不像她，被蹭破一片血紅。

他心裡過意不去，執意要先幫她上藥，因而額頭上的小包還高高腫起，鼓鼓一塊，在清冷精緻的臉上竟生出幾分可愛。

念及此，謝鏡辭又忍不住笑了笑。

無論是長相或氣質，裴渡都是溫潤偏冷的類型，不說話拿著劍，能讓許多人迫於威壓不敢上前，其他人無論如何也不會想到，他私下竟是這般模樣。

有些笨拙的、生澀的，長睫輕輕顫，眼尾則是淡淡的潮紅，黑漆漆的瞳仁溢出瀲灩水光。

察覺到她的視線，裴渡指尖一頓。

他還是不習慣被謝小姐如此直白地注視，尤其此刻寂靜無聲，連心跳聲都清晰可辨。

『害羞啦？』在一片靜謐裡，識海中響起似曾相識的古怪嗓音：『這點撩撥都受不住，待會兒豈不是要羞死？』

裴渡尚未反應過來，反射性問：「……待會兒？」

這三個字一問出，他便明白了對方的意思。

『叮咚！對應場景觸發，已分配人設臺詞，請注意查收。』

裴渡沉默不語，神識上探，來到腦海中浮現的字句。

他能感受到耳朵上爆開的熱氣。

「怎麼了？」謝鏡辭發現他怔愣一瞬，作為過來人，很快明白其中原因：「系統又發布了新任務？」

她對此並不覺得多麼詫異。

受傷擦藥，這是每個世界裡必然經歷的場景，更何況如今客棧空曠，只剩下他們兩個人。

裴渡的臉已經紅成了番茄。

謝鏡辭不知道系統給出了怎樣的任務，見他害羞，一時捉弄心起，用腳背蹭蹭他膝蓋：「少爺？」

他脊背僵住。

擦傷事小，在仙藥滋養下，謝鏡辭已經感受不到疼痛。

之前在山上的樹林裡，裴渡看似凶巴巴，其實臉紅得比她更厲害，像隻張牙舞爪的狼崽。她心覺有趣，緊張的情緒蕩然無存，也忘了在「對不起裴渡 bot」道歉，興致盎然盯著他瞧，看看系統能玩出什麼新花樣。

「……擦完了。」年輕的劍修眉目微斂，自地上起身：「輪到妳了。」

哦。

原來是小丫鬟給大少爺上藥的戲碼。

謝鏡辭抿唇笑笑，往角落裡靠了些，拍拍身邊的空位，示意裴渡坐下。

他靠近時，帶來一陣樹木香氣。

額頭上的小包並不嚴重，稍作清理再塗上藥膏，就能宣布大功告成。

裴渡卻沒有結束的意思。

謝鏡辭心領神會，目光向下，來到他被邪氣劃破的肩頭，耳邊則是少年清越的聲音：

「妳莫非要我自己來麼。」

這是篤定的陳述句，不容反駁。

乍一聽來，似乎在說療傷擦藥，裴渡卻心知肚明，這是在……讓謝小姐為他脫衣。

她沒反駁，手指捏住他的衣襟。

在靜謐夜色裡，衣物滑落的聲響清晰可辨，裴渡不敢看她，竭力別開視線，聽見自己心臟越來越響的轟鳴。

外衫被脫下，露出雪白裡衣。

隔著薄薄一層衣物，他能感受到謝小姐柔軟的指尖。

裴渡快羞愧至死。

而對方則眉梢一挑，食指用力，如同剝開閉合的枝葉，輕輕拂落衣襟。

謝鏡辭並未把裡衣全部褪下，白衣向下，顯出鎖骨與肩頭上的幾道血痕，她便停了動作。

夜裡的寒風掠過，引得裴渡一陣顫慄。

這種半遮半掩的模樣……

明明是他的要求，少年卻倉惶得手足無措，竭力止住把衣襟往回拉的衝動，半低著頭。

「冷嗎？」謝鏡辭瞥見他臉上越來越濃的紅潮，雖然也有羞赧，更多卻是難以自制地想笑：「我會輕一點的。」

這也太可愛了。

她決定收回那個「像是狼崽」的比喻，裴渡無論看起來再怎麼凶，本質都是縮成一團的貓。

謝鏡辭指尖落下，裴渡應勢仰頭，喉結上下滾落。

他膚色冷白，是常年被關起來練劍的結果，因身形瘦削，精緻的鎖骨呈現出流暢漂亮的弧度，道道血痕毫無章法，如同璞玉之上猩紅的瑕疵。

謝鏡辭看得心疼，想起話本裡的做法，朝他柔柔吹了口氣。

裴渡喉結又是一動。

她的吐息清淺冰涼，卻撩起一片轟然炸開的熱氣，徘徊在他鎖骨之上，來得猝不及防。絲絲縷縷的疼痛竟成了電流，順著脖頸間的血管往下蔓延，來到胸口，生生發癢。

謝小姐像這樣溫柔地對待他，美好得像是夢境。

心中是快要溢出來的喜悅，伴隨著羞赧與怯意，撓心撓肺、橫衝直撞。

……他好開心。

『別忘了任務哦。』系統的聲音再度響起：『要不要我再幫你一把，熟悉熟悉流程？』

裴渡聽出它話語裡的幸災樂禍。

旋即下一瞬，雙唇便不受控制地自行開合：「記得懲罰麼？」

……不可以！

這種話——

神識又觸碰到那些字句，裴渡瞬間屏住呼吸。

謝鏡辭抬起頭，露出茫然的神色：「懲罰？」

她似乎有些印象。

當時在顧明昭的院子裡，她被三人團團圍住，裴渡將她叫去屋外時提起過。

病嬌陰戾又占有欲爆棚的大少爺……能有什麼懲罰。

她下意識停下動作。

而裴渡已然逼近。

他湊上前，鳳眼裡是極致的漆黑，與她只剩下毫釐之距：「妳和那些人關係很好？」

這個小世界過去得太久，謝鏡辭已經記不大清劇情。

她有些緊張，但念及裴渡的性子，還是嘗試著輕笑接話：「怎麼，我同別人親近，你不高興？你能怎樣懲罰我？」

這是個與劇情相悖的舉動，她雖然印象不多，但記得男主角膽小怯懦，不敢反抗，面對大小姐的質問，從來都乖乖認錯。

如果做出違背劇本的舉措，把情節帶偏，系統準備的臺詞無處施展，應該會全盤作廢。

之所以這樣做，是她想看看裴渡的反應，別有用心的逗弄——也只有面對裴渡，謝鏡辭才會總是懷著逗弄的心思。

看他彆彆扭扭地臉紅，真的好有趣哦。

空氣裡靜了短短一瞬，燭火悠悠一晃。

突如其來的力道不容反抗。被一舉壓在被褥之中時，謝鏡辭猝然抬眼，見到少年晦暗不明的鳳眸。

……等等。

劇本裡應該沒有這一段吧？

反派註定只能是反派，氣勢再凶，都不可能真正吃到男主人公，更別提如此親暱的身體接觸。

她莫名心跳加速，往後一縮。

裴渡面上蒙了寒霜，脖頸之下的裡衣卻是凌亂不堪，將她壓在床前，反差極大，危險且撩人。

她好像……把他惹急了。

難道脫離劇情以後，系統非但不會中止，還會隨著劇情變動，自行更改任務嗎？

「我高不高興——」他倏地往下，薄唇貼上她耳垂：「妳試試看，不就知道了。」

謝鏡辭陡然睜大眼睛，有股熱流從後腦勺爆開。

這種臺詞……

心裡的小人打了個滾。

這種臺詞是怎麼回事啊！

不等她反應，識海中便湧來一道洪流。

裴渡的氣息浩瀚如潮，匯入識海，再不由分說地往下，來到四肢百骸，如同堅不可摧的條條繩索，牢牢禁錮住她。

識海之中最是脆弱，謝鏡辭被激得陡然一驚，只覺身體裡遍布電流，連說話都極為吃力。

她心知不妙，想要逃開，奈何被綁縛得無法動彈，只能徒然吸一口涼氣：「裴——」

識海裡的禁錮兀地一緊，電流在同一時間滋滋啦啦炸開。

謝鏡辭咬牙，喉間發出沉重呼吸。

……完蛋了。

裴渡單薄的唇，重重落在她頸間。

她迫於系統，曾用神識束縛過裴渡，也曾將他按在牆上，親吻他的後頸。

但當這一切發生在自己身上……

裴渡，當初對不起。

這絕對是現世報。

伴隨著肆無忌憚的癢，是席捲全身的怯。

躍動的燭火被劍氣橫掃，不知何時熄滅殆盡，四周沒有光源，只有隱隱約約的月色，照亮裴渡稜角分明的臉。

春夜無聲，空餘兩人交織的呼吸，因為距離極近，少年的每一道吐息，都像裹著熱氣，重重落在她耳膜上。

這種氣氛……太奇怪了。

謝鏡辭想動彈，四肢卻被緊緊縛住，因她微小的動作，靈力甚至會驟然緊縮，帶來隱隱的疼，腦子察覺，卻足以讓她感到羞恥。

她總算明白了，面對裴渡絕不能逞口舌上的威風，逞著逞著，說不定什麼時候就會翻車。

如果上天能給她一次重來的機會，謝鏡辭一定循規蹈矩，做一個唯唯諾諾的小丫鬟。

迴旋在耳邊的吐息逐漸加深，她聽見裴渡被極力壓低的聲音。

他耳根紅得像血，口中卻語氣冷然：「叫我。」

謝鏡辭整個身子陷在床鋪裡頭，深吸一口氣：「裴……裴渡。」

夜裡盡是朦朧的暗，空氣裡瀰漫著淡淡花香。

謝小姐的聲音繚繞耳畔，裴渡手指微動，漆黑的瞳仁顯出些許亮色。

他真是過分。

謝小姐身體抱恙，他卻要這般作弄她，每句話，每個動作，都讓裴渡無地自容。

可偏生……他又心甘情願沉溺其中，漸漸習慣了這樣的感覺，甚至想要得到更多。

她在叫他的名字。

這讓他覺得一切並非夢裡，正與謝小姐緊緊相貼的並非旁人。

他定是瘋了。

識海裡的字句漸漸消退，裴渡卻並未生出退離的意思，食髓知味，放輕了唇齒間的力道：「還有。」

謝鏡辭察覺到他動作陡然變輕。

遍布全身的靈力卸下力道，不似綁縛，如同輕柔溫和的手，緩緩拂過她的血脈骨骼。這種感受較之之前，竟然更加抓心撓肺，如同水滴落在永遠填不滿的溝壑，讓她想要索取更多。

還有。

她還能叫他什麼。

謝鏡辭試探性開口：「……少爺？」

裴渡動作沒停，自脖頸向上，含住她耳垂，輕輕抿唇。

謝鏡辭脊背一弓。

救命。

她快要死掉了。

除了這兩個，難道她對裴渡還能有別的稱呼？完全變態的大少爺愛聽什麼，難不成……

主人？

這也過於變態了。

謝鏡辭臉上一熱，努力把這個念頭逐出腦海。

溫柔的禁錮無處可躲，她遲疑著開口，拼命忍住嗓音裡的顫抖與吸氣：「夫……夫君？」

咚咚。

胸腔裡用力跳了一下。

伏在床前的少年一頓，所幸夜色濃郁，她看不見對方狼狽的神色。

裴渡沒想讓謝小姐叫這個。

她若是能喚上一聲「未婚夫」，讓他短暫嘗到丁點兒甜頭，想著日後也許能與她結為道侶，那就足夠。

他只想要一顆小小的糖，謝小姐卻送來溢滿整個心的蜜漿。

許是見裴渡動作停下，渾身靈力倏然散去，謝鏡辭終於鬆了口氣，凝視他的雙眼，又笑著喚了聲：「夫君。」

他剎那之間丟兵棄甲，心臟爛成一攤泥。

她若是繼續這樣好……裴渡擔心自己會承受不住。

他的身體像被火燒，忍不住揚起唇角。

「……謝小姐。」

心中喜悅難以自製，清雋出塵的少年眼尾染著緋色，俯身而下之際，一縷散落的黑髮落在床頭。

裴渡靜靜吻在她鎖骨上，力道極輕，如同虔誠的拜服：「乖。」

春夜悠悠，窗邊拂過一抹隨風而起的柳色。

因蠟燭滅了火光，周遭只餘下圓月相映，晚風掠過之際，攜來熟悉的男音。

「總算完事了！接下來只要等瑯琊祕境就好了吧——欸，謝小姐和裴渡的房間都熄燈了。」莫霄陽從客棧外進來，說到一半，猛地壓低聲音：「他們這麼早就睡了？」

「現在哪有很早。」雖然看不見屋外的景象，但孟小汀出聲開口時，定是習慣性覷了他一眼，同樣小聲道：「已經大半夜了，而且他們今日苦勞最大，沒有消停的時候。噓，別吵到人家。」

其實裴渡房間裡的燈，始終沒亮過。

謝鏡辭悄悄想，從回到客棧直至此刻，他們一直待在她的客房。

靜室幽謐，多虧門外猝不及防的交談聲響，撐在她身上的少年終於回了神，長睫一動，做出要退離的動作，卻又遲疑著停住。

裴渡身體本就很熱，這會兒心下一急，氣息更是紊亂不堪地灑在她肩頭。謝鏡辭被撓得發癢，輕輕一顫，甫一抬眼，便看見他烏黑漂亮的眼瞳。

他竟未如往常一般匆匆撤離，而是保持著伏於床前的動作，脊背微弓，用鼻尖小心翼翼蹭了蹭謝鏡辭側頸，聲音小得快要聽不清：「謝小姐……」

低弱溫馴，裹挾著若有似無的吐息，尾音化作一片輕飄飄的羽毛，不費吹灰之力，就讓人的心臟隨之顫動。

尤其是在這種曖昧至極的環境裡。

因為這道聲音，謝鏡辭耳根又是一熱。

方才的攻勢溫柔又密集，她沒緩過神來，羞怯的情緒仍未散去，即便努力讓呼吸平穩，開口應聲時，還是顯得有幾分亂：「嗯。」

「我不會……像這樣對妳。」裴渡還是像在講悄悄話，熱氣絲絲縷縷纏在肩頭。他不善言辭，斟酌好一會兒，末了才悶悶道：「這樣不好。」

他不喜歡這個人物設定。

無論如何，裴渡都無法接受利用權勢地位的強迫之舉，像這樣對待謝小姐，更是對她的一種羞辱。

至於那些蒙住眼睛、用繩索綁住她，關在囚籠裡的做法——

少年長睫輕合。

他當了一輩子的正經人，莫說那些花樣，哪怕接近謝小姐、同她說上一句話都小心翼翼，這是他放在心上的姑娘，裴渡不願讓她難受，也不想看她受委屈。

至於……她若是不高興，怎樣對他都是好的。

「我知道啊。」謝鏡辭聽他的語氣一本正經，說話時卻還在輕喘，吐出的字句全成了氣音。這種感覺又正又蒙了點欲，她心覺可愛，也模仿著裴渡的語氣，把音量壓低：「可是，我們為什麼要這麼小聲地講話？」

她說著頓住，方才的緊張漸漸消退，抬手戳了戳裴渡臉頰：「你害怕被他們聽見……誤以為我們同床共枕呀？」

不出意料，他果然身形一僵。

「裴渡。」謝鏡辭笑意沒停，「你肩上的傷，好像裂開了。」

裴渡這才反應過來，自己是帶著一身的傷。

那些因邪氣而生的傷，都不算太重，然而疊在一起密密麻麻，同一時間發作，引來火辣辣的撕裂劇痛。

這不是最關鍵的。

一道涼風自窗臺的縫隙悄然潛入，拂過少年流暢有致的肌肉線條，他下意識覺得有些冷，旋即而來的，是腦袋裡轟的一聲巨響。

裴渡下意識抓了抓被褥。

當系統聲音響起之前，他和謝小姐正在為彼此擦藥，後來她為他褪去外衫，又把裡衣向下拉了些許。

所以方才的他——

少年劍修兀地起身，如同一隻受驚的獵豹。然而他身形迅捷，面色卻是倉惶窘迫，目光向下，一眼就瞥見自己半露的手臂，以及脖頸下大片雪白。

他連脖子都紅透了。

所以方才的他，就是以這樣一副浪蕩不堪的模樣……欺負謝小姐。

裴渡不敢想像她眼中的景象。一想到這事，就能讓他大腦發懵，連合攏前襟的動作都為之停住。

他想用腦袋撞牆。

「沒關係，都是系統的任務嘛。」

謝小姐真是好心，即便見他如此狼狽，還是溫柔安慰，讓他不至於太過難堪。

裴渡心間騰起一股暖意，還沒開口，便又聽她若有所思地輕輕一笑：「而且就算以後沒了系統……也還是要習慣這種事情，對吧？」

不愧是謝小姐。

多虧她一番話，裴渡更加手足無措。

這份無措裡夾著濃郁的蜜糖，他怔忪一瞬，被喜悅衝昏頭腦，半晌才側頭勾起嘴角：

「……嗯。」

他居然說了「嗯」。

連裴渡自己都感到吃驚，識海裡的元嬰小人捂著臉滾來滾去，扭動不停，倏而又聽謝鏡辭道：「像方才那樣，我其實並不討厭。」

裴渡微愣，垂眼與謝小姐四目相對。

他之前力道不算小，她被壓在床頭，如今仍未起身。

挽起的長髮已有些散了，如雲如霧，絲絲縷縷地散在被褥之中，其中一些拂過側臉，襯出凝脂般的玉白膚色。她勾著唇輕輕笑，一雙柳葉眼徐徐勾起，眸底盡是淌動著的月色，像是要溢出來似的，溫柔又勾人。

至於她脖頸間衣衫凌亂，隱約可見皮膚上淺淺的、因親吻而生的紅——

他只覺心上被用力一燙。

「因為是裴渡啊。」謝鏡辭從被褥中起身，迎著月色，攏了攏散亂的鬢髮，不是蠱毒，卻比蠱更加灼人心魄，帶著曖昧的笑：「人物設定只是外殼，只要是你的話，無論怎樣做，我都能接受——所以不用太拘束哦。」

什麼叫「不用太拘束」。

少年薄唇緊抿，竭力放緩呼吸。

……他只怕忍不住。

謝鏡辭前一天四處奔波，第二日睡到日上三竿，才終於從睡夢裡緩緩睜開雙眼。

村民們為慶祝蠱毒事畢，特地在淩水村前設了宴席，用以感謝謝鏡辭等人的相助。

莫霄陽和孟小汀昨晚在醫館忙到三更半夜，又將修真界價值不菲的傷藥分給了村民，不少人識得二人面孔，爭相上前敬酒。

「淩水村地處偏僻，又恰好在凡人界與修真界的間隙，兩邊不討好，兩邊也都不想管。」一個漢子豪飲一杯，拍拍莫霄陽肩頭：「若不是諸位道長相助，恐怕我們村子就完了。」

他身側的少女怯怯道：「昨夜我娘險些撐不過住，多謝道長們送來的靈藥。」

話音方落，就有人隨口接話：「我看莫道長一表人才，不知可有心上人？」

莫霄陽在混亂的鬼域長大，沒做過什麼見義勇為的事，後來進入修真界，又往往因為魔修的身分遭到詬病，如今頭一回被這麼多人團團圍住，竟少有地紅了耳朵：「心、心上人？」

他說著撓頭，左思右想不出個名堂，只得澀聲答：「那個……細細長長，衣服上有像蛇一樣複雜的紋路，能引雷掛冰，渡入靈力，同我斬妖除邪。」

引雷掛冰。

謝鏡辭眉心一跳，看向他腰間別著的長劍。

不愧是腦子一根筋的劍修，還真按著本命劍的模子找對象啊。

「怎麼樣，」孟小汀看得樂，喝了口茶，傳音入密，「行俠仗義的感覺還不錯吧。」

莫霄陽點頭，悄悄應她：「只可惜沒能趕上最後與溫知瀾的那一戰。只希望到時候入了琅琊，能有機會活動活動筋骨。」

「幾位打算去琅琊祕境，對吧？」顧明昭懶懶地坐在木椅上，恢復了一貫的懶散悠閒，哪裡還有昨夜殊死一搏的半點氣概：「我對那地方熟得很，若是不嫌棄，可以讓我為各位引路——琅琊現世多年，其中有不少稀奇古怪的陣法和迷宮。」

對於進入琅琊祕境、奪回村民的記憶，他本來並沒有多大的奢求。

凌水村即便沒有他，仍然能一成不變地生活；而作為顧明昭的他哪怕沒了神力，日子過得也不算太差。

但神像裡寄放的言語一遍遍環繞在耳邊，原以為被拋棄的神明，忽然發現了某些隱祕的、堅定的羈絆。

哪怕沒有了記憶，他與村子裡許許多多的人，依然存在著無法磨滅的羈絆——如果連那樣的回憶都被剝奪，未免太過殘酷。

他要把它們奪回來。

「這是我昨夜大致繪出來的地圖。」顧明昭從口袋裡掏出一張白紙：「和大多數祕境一樣，進入琅琊的時候，所有人會隨機傳送。不過不必擔心，那裡面沒什麼凶殘的邪祟妖物，頂多機關陣法有點難破。」

莫霄陽露出苦惱的神色：「啊？那還不如邪祟妖物，我要是遇到機關，能直接把它砸爛嗎？」

顧明昭：「……」

顧明昭：「暴力解法，也算一種饒有成效的手段。但莫公子務必小心，如果你沒成功破壞，下一瞬被砸爛的，很可能變成你。」

「我去過琅琊一次，雖然記憶被吃掉，但也存了點零星的印象。」謝鏡辭道：「那裡面幾乎被前人踩了個遍，各大陣法機關都已被破解，只要小心行事，隨時感受身邊的靈力波動，就不會有太大麻煩。」

她說罷目光一旋，落在顧明昭身旁的白寒臉上。

他們之所以能那麼快打敗溫知瀾，有很大原因，是因為白二小姐動用全身修為，在謝鏡辭趕到之前與他一戰。

雖然最終沒能置溫知瀾於死地，但也讓其身受重傷，損耗了大部分靈力。

溫知瀾身死，她體內的蠱蟲卻仍活躍。

以身飼蠱，堪稱蠱術中最殘忍狠毒的手段，無異於獻祭自己的身體與生命，只求獲得短暫的力量。一旦身體被蠱蟲蠶食殆盡，蠱師便會力竭而亡。

自從做出這個決定，她就放棄了生的希望。

謝鏡辭瞥見她毫無血色的臉，只覺心裡發悶。

白家算是蠱術世家，白寒在兒時，定然是個同她一樣受到萬千寵愛的小姐，只可惜遇上溫知瀾那人渣，不但落得家破人亡的下場，還要為了復仇，把自己藏在黑暗之中，連與別人說話都不敢。

「白姑娘，關於妳體內的蠱毒，這世上靈藥萬千，說不定還能有扭轉乾坤的辦法。」謝鏡辭道：「家父與藥王谷的藺缺前輩熟識，昨夜我寄信家中，已經得了回覆。聽說藺缺前輩對蠱術一直很感興趣，得知白姑娘的情況，打算在明日趕來淩水村。」

身為藥王谷百年難得一遇的天才，藺缺雖然看上去不怎麼可靠，但醫術絕對遠超常人。出神入化的醫術與必死的蠱毒，如同最鋒利的矛和最堅固的盾，兩相碰撞之前，沒人能說出誰勝誰負，但無論如何，總要試一試。

說不定奇跡就出現了。

「多謝。」白寒習慣性攏緊外袍：「關於二位所中的蝶雙飛，的確是我白家的祕術。我對解蠱之法略懂一二，三天之後，應該能製出解藥。」

這是謝鏡辭近日聽到的最好的消息，她藏不住心中喜悅，揚眉笑笑：「多謝白姑娘！」

她話音方落，又想起那團原本藏在裴渡識海裡的黑氣，不由心煩。

自從經過溫知瀾一戰，確定它很可能是混雜了某個人記憶的魔氣，她腦海裡，便兀地跳出一個念頭。

然而那個想法太過天馬行空、毫無依據，更何況無論怎樣戳弄識海，黑氣都沒有絲毫回應，謝鏡辭無從問起，只得不了了之。

「等韓——白姑娘治好了病，一定要來我院子裡看看那些花。」顧明昭撓撓頭，輕聲道：「有些太嬌貴了，老是生病，不知道妳有沒有法子治好。」

白寒愣愣看他一眼。

謝鏡辭默然不語，抿唇壓平嘴角。

宴席之上喧嘩不休，很是熱鬧。觥籌交錯間，春風吹落滿樹杏花，一瞬花如雨下，謝鏡辭卻陡然擰眉。

身側傳來裴渡的聲音：「謝小姐。」

耳邊仍是人群肆無忌憚的笑。

修道之人五感卓絕，在無邊笑音裡，倘若細細去聽，能聽見一道轟然浩蕩的嗡鳴。

那應當是股澎湃靈力，不知因何原因騰天而起，掀起巨浪滔天，即便隔著很遠的距離，也能聽聞其中綿延不絕的響音。

這種感覺，她曾遇過一次。

疾風起，杏花落，暗流湧動，攜來海水腥鹹的味道。

不遠處傳來一人氣喘吁吁的聲音：「出、出現了！琅琊祕境現世了！」

琅琊祕境來得很不是時候，但也恰是時候。

謝鏡辭一行人昨夜才結束與溫知瀾的打鬥，今日便要火急火燎進入祕境，無縫銜接，沒有好生歇息、補充靈力。

然而琅琊出沒不定，倘若錯過這一次機會，不知還要再等多久，幾乎沒有任何猶豫，大家一致決定進入。

「哇，」莫霄陽站在東海海灘，看得目瞪口呆，「這就是傳說中的上古祕境？果然夠氣派！」

他所言不假，哪怕是見多識廣如謝鏡辭，頭一回見到琅琊現世的景象時，也被驚豔了一遭。

但見東海邪氣盡散，穹頂是澄澈如鏡的湛藍，海水倒映著天空與陽光，美得不似凡間景象。自海灘開始，一股靈力勢如破竹，宛若利劍刺入海水，破開層層巨浪，闖出一條筆直的康莊大道。

道路並不算長，行走其中，身側是海浪築成的參天高牆。乍一看去，像是被純藍色的山巒團團圍住，水波隱有巨龍騰飛之力，耳邊轟鳴不止，氣勢非常。

行至盡頭，便是祕境入口，一處光華滿溢的法陣。

「我沒想到來得這麼快，地圖只準備了一份。」顧明昭有些苦惱，在海浪吞食天地的咆哮聲裡，努力加大聲音：「這樣吧！琅琊祕境有座特別高的山，不管置身何處，都能輕易看到它，不如我們就在山腳下集合——沒問題吧？」

謝鏡辭對那座高聳入雲的山峰尚有印象，聞言點頭：「山頂覆著層雪，往東一直走，就能見到它。」

終於……要進入琅琊了。

她暗自握緊右手，深深吸了口氣。

顧明昭曾說，那怪物以記憶為食，被它奪取的，大多是極為珍貴、不可替代的回憶。

她到底遺忘了什麼？

指尖逐漸靠近陣法邊緣，謝鏡辭感到冰寒刺骨的涼。

倏然之間，左手食指被人輕輕碰了碰，緩緩一勾。

她回頭，見到裴渡安靜的黑眸。

「謝小姐。」他不太會安慰人，唯有目光赤誠如火，「會沒事的。」

謝鏡辭笑：「嗯。」

身體觸碰到陣法的剎那，識海被鋪天蓋地的眩暈包裹。

上古時期的術法蠻橫不講道理，謝鏡辭對此早有體會。她在巨大的拉力下閉了雙眼，等周身漩渦散去，才睜眼抬頭。

關於琅琊祕境的事，其實她已記不起太多。想來是那怪物為了隱匿行蹤，將她腦海裡關於它的記憶也一併吞沒。

好在來此探祕的前人們留下不少著作，她一一翻閱，本以為胸有成竹，不會遇到任何麻煩——

但眼前這鬼地方究竟是怎麼一回事？

完全不符合所有描述。

瑯琊不算遼闊，大大小小的角落幾乎全被人搜尋過，謝鏡辭曾信誓旦旦地保證，沒被觸發的機關少之又少，萬萬沒想到，竟然會自己打自己的臉，轟轟烈烈翻車。

放眼望去，四面八方盡是濃稠的黑。

黑暗彷彿成了實體，沉甸甸鋪滿視野，僅僅站在其中，就已經讓她覺得心悶窒息，實在難受。

這麼古怪的地方，理應會被前人寫到。

謝鏡辭試探性往前走了兩步，用靈力引出微光。

然而光芒並不能起到絲毫作用，反倒將氣氛反襯得愈發詭譎——隨著白芒淡淡散開，她只見到向遠處不斷延伸的黑，沒有盡頭，不知前路。

她似乎有點明白，為什麼這地方會沒有記載了。

一旦被困住，倘若找不到出去的方法，只能在無邊黑暗裡默默等死，甚至有很大的可能性，還沒等到餓死，就已經被活活逼瘋。

還是沒找到出口。

謝鏡辭獨自走了不知多久，嘗試用刀意破開陣法，仍舊無濟於事，到後來乾脆放棄行走，站在原地思索辦法。

既然是陣法，就定有陣眼。通常而言，只要找到陣眼，便能破開困境。

但這鬼地方完全找不著東南西北，除了黑暗，什麼都沒有——

她一時想不出線索，忽然聽見耳邊傳來渾然陌生的嗓音：「此乃兩儀混元陣法，被多加了層芥子空間。」

謝鏡辭脊背一涼。

這道聲音來自她的識海，不似最初聽見的那般癲狂混亂，而是被刻意壓低，沉沉降調。雖然仍聽不出男女老少，但總歸不那麼嚇人。

是那團寄生在裴渡身上的魔氣。

它之前百般不願說話，此刻卻突然開口，似乎是為了……協助她破解陣法。

它在幫她，而且刻意壓抑了癲狂的語氣，比起與裴渡相處時的模樣，可謂截然不同。

那個在她心中蠢蠢欲動的念頭，再度探出了小小的一角。

謝鏡辭問得很快，不留給它反應的機會：「你在幫我？」

「想破解此陣，需凝結神識，以神識探出陰陽兩面，凝作八卦之勢，繼而同時攻向離火、震木兩處。」

對方不理會，置若罔聞。

它定是不願與她多做交流，只想儘快透露陣法的破解之法，等解法說完，又會藏進識海深處。

謝鏡辭心知不能再等，擰眉一咬牙，乾脆開門見山：「你是裴渡……不對，你融合了裴渡的記憶，對不對？」

黑氣一頓，很快斬釘截鐵、帶著厭惡地應答：「我不是他。」

它一直很討厭裴渡，謝鏡辭心知肚明。

在極致的黑暗裡，她聽見心臟跳動的聲音。

「我知道，你不是他。」她心裡沒底，只能透過加重語氣，試圖讓自己看上去更有底氣：「你的記憶來自於另一個裴渡——或許就是入魔的那位，對不對？」

陣法裡的黑暗更深了些，窒息感鋪天蓋地，而它終於沒再反駁。

於是錯綜破碎的線索，逐漸重合。

這個猜測毫無依據，之所以會從她心裡蹦出來，源於系統曾說過的一句話。

當裴渡詢問它魔氣的來源，它的回應是「天道所限，無可奉告」。

她與系統相處了那樣久，在它口中聽見同樣的語句，唯有當初剛剛進入小世界，茫然懵懂地問它：「世界上昏迷不醒的人那麼多，你為什麼偏偏選中我？」

系統用著一貫的機械語氣：「天道所限，無可奉告。」

能被它那樣藏著掖著，除了與大千位面相關、與天道相關的事情，理應不會再有別的。

除此之外，還有另一處疑點。

裴渡已是元嬰修為，黑氣既然能壓制住他，甚至不被謝疏與雲朝顏發現，想必已然到了元嬰。世間邪魔達到此等境界，必然名噪一時，可放眼如今的修真界，並無一人能夠符合。

它像是突然出現，莫名其妙地認定裴渡，想要占據他的身體，排除一切不可能因素，唯有一個解釋。

系統說過，她的人設不斷更換的原因，是大千位面出現動盪。

既然人設變來變去，連天道也無法左右，那為什麼不可能出現一個邪魔……如她一樣穿梭位面，來到另一處世界。

準確來說，此時在她身體裡的，並非那個世界裡入了魔的裴渡。

如顧明昭所說，和溫知瀾身後的女人一樣，這只是團沾染了他記憶的魔氣，聚集所有不甘與憤懣，凝成極致的惡。

所以它才會千方百計占據裴渡身體。

當初的世界一塌糊塗，它從原身體內掙脫，妄圖迎來嶄新的希望。

「妳覺得我很可恥？」良久，它終於開口，語氣不似謝鏡辭預想中的暴怒或陰冷，而是諷刺般一笑：「妳難道就不好奇，天道為何會選中妳，去執行那些任務？」

謝鏡辭心臟猛地一跳。

「妳難道也不好奇……原本穩固的大千位面，為何會在妳回來之後轟然崩塌？我又為何要叫那人『小偷』？」

四周皆靜。

謝鏡辭感到陰寒蔓延進骨髓裡。

黑氣察覺到她氣息紊亂，語氣裡笑音更深，卻聽不出分毫喜悅的意味：「是啊，妳在這個世界與他卿卿我我，當然開心。而為妳付出一切、不惜與天道交易的我，卻只能在另一個世界修為盡失、孤零零死去——他不是小偷，又是什麼？」

壓在胸口的巨石越發沉重，謝鏡辭試圖吸氣，腦袋裡止不住嗡嗡轟鳴。

她似乎有些明白了。

正因為這樣，位面才會突然崩塌。

在既定的時間線裡，她從未醒來，而裴渡黑化入魔，不知出於怎樣的理由，與天道做了交易。

也許是力量，也許是生命，他給出代價，唯一想得到的……是讓謝鏡辭能夠甦醒。

但這其中出現了無法預料的悖論。

謝鏡辭於他入魔前醒來，倘若她對裴渡置之不理，放任他被糟踐欺辱，一切都將按照原有的劇情發展，沒有變化。

然而裴渡步步算計，與天道博弈，預料到可能發生的一切，卻唯獨漏掉了一件事。

他沒想到，也不敢去奢望，謝鏡辭會去鬼塚救他。

於是命運重啟，一切重新洗牌。

沒有黑化入魔，他便失去了與天道交易的契機，然而謝鏡辭的甦醒已經是既定的事實，無法被抹去，於是兩個世界分離。

她所在的世界風平浪靜，裴渡得以正名，孟小汀仍然活著，所有人都得到了最好的結局。

而在那個世界裡的謝鏡辭，仍然躺在謝家大宅裡，不知何年何月能夠醒來。

那個世界的裴渡付出一切，直至死去，都沒能見到她睜開眼睛。

「妳是個聰明人，應該能明白來龍去脈。」識海裡的聲音仍在嗡嗡響，一字一句，皆如刀割：「在我那個世界裡，那傢伙本來有機會到這兒來，但他哪怕入了魔，也是個沒用的廢物，口口聲聲說什麼木已成舟、不願叨擾……我去他的不願叨擾！這一切、一切全都應該是我的！」

它口中的「那傢伙」，是上一個世界裡的裴渡。

他選擇了放棄，不願干涉這個位面；寄生在體內的魔氣卻不甘於孤獨死去的結局，於是自原身掙脫，來到這裡。

謝鏡辭只覺腦海中一團亂麻，眼眶發澀。

「很愧疚，對不對？」黑氣嗓音漸沉，變為與裴渡相同的聲音，喑啞黯淡，如影隨形：「我為妳做了那麼多，這個世界裡的一切，難道不應該由我來享受？妳也會贊成我奪舍，奪回那具身體，對吧？」

第八章　憶靈

氣氛極詭異。

陣法隔絕了外來的陽光與空氣，自行封鎖出一片無垠空間。四下沒有風，沒有人，也沒有絲毫光線，彷彿整個世界只剩下謝鏡辭，以及她腦海中的那道聲音。

蠱雙飛作為一種極珍貴的蠱毒，力量不容小覷，除了能交換兩具軀體中的神識，還會強制封鎖神識，無法掙脫。

若是以前在裴渡體內，黑氣或許已經從他身體裡緩緩溢出，此刻卻只能蜷縮於識海，發出冷然的笑。

謝鏡辭只覺得渾身上下寒氣遍布，後腦勺嗡嗡作響。

「妳會幫我吧。」它用著不容反駁的語氣，輕柔溫和，比之前平靜許多：「我為妳吃了那麼多苦頭，倘若妳還要棄我而去，我會傷心的。」

黑氣凝視著她的神色，說罷語意一轉：「知道我為何會對琅琊祕境的陣法如此熟悉嗎？」

這的確是個非常奇怪的點。

此處陣法名不見經傳，它卻不費吹灰之力說出解法，就像是……曾特地鑽研過一樣。

「自從妳昏迷不醒，我曾數十次踏足琅琊祕境，幾乎翻遍所有角落，只為找到些許線索。」黑氣笑了笑：「這處陣法，在入魔以後，我也曾進來過。」

謝鏡辭沉默片刻，低聲開口：「那個世界……究竟發生過什麼？」

「妳想看看嗎？」它興致高了些，像是終於見到魚兒上鉤的捕魚者，迫不及待，刻意將喉音壓低：「我能讓妳看到。」

這道嗓音自腦海沉沉響起，在鋪天蓋地的幽寂裡，宛如蠱惑。

謝鏡辭沒來得及開口，便感到神識一晃。

原本澄澈清明的識海中，倏然漫開如煙的黑氣。

她見到支離破碎的畫面，等凝神望去，才發現那是裴渡的記憶。

有殘陽似血，滿身傷痕的少年固執握著長劍，跟前是熙熙攘攘、指指點點的人群，旋即裴風南上前，掌風如雷。

有鬼塚荒蕪，陌生的男男女女提著武器向他靠近，裴渡身上盡是深可見骨的傷，卻咬牙起身，拖著殘破身軀生生殺出一條血路。

也有風聲嗚咽，他靠坐在冰冷山洞裡，日光照亮少年稜角分明的側臉，裴渡沒抹去臉上血跡，而是仰起頭，注視天邊高高懸掛的月亮。

謝鏡辭不知道，那時的他究竟在想什麼。

然後便是越來越多的殺戮。

追殺之人從未斷絕，耳邊是日復一日的「叛徒」與「怪物」。他居無定所、風餐露宿，啃食著魔獸腐爛的血肉，眼底亮光漸漸黯淡，終有一日，被濃郁魔氣刺穿胸膛。

魔物的強大程度遠遠超乎想像，裴渡卻並未死去。

在極致的痛苦中，他硬生生咬牙挺過，將邪魔吞入腹中。年輕的劍修帶著血跡斑斑，自血海中起身，獲得了極致的力量。

「很痛的。」黑氣在她耳邊絮語不休：「渾身每根骨頭都像要碎掉，只想立即死掉。但那時我想，距離湊齊能救醒妳的藥，只差三味了。」

謝鏡辭低頭不語，抹去眼底溫度尚存的水珠。

「妳會不會嫌棄我，覺得我是個十惡不赦的魔頭？」它繼續道：「我不想殺他們……直到後來，我完全忘記了殺戮的理由。可他們都說我是罪該萬死的邪祟，人人得而誅之，若不還手，死的就是我。」

它的語氣像在撒嬌。

用裴渡的聲音說出來，勢如破竹摧毀她心中的所有防備。

它已經快要成功了。

潛藏在識海裡的黑氣悠悠一浮，仍是用著溫和口吻，尾音卻多出一絲微不可查的笑：「妳會幫我，不忍心見我在這個世界消散，對吧？那具身體——」

它沒來得及說完。

當清越溫潤的少年音填滿整個空間，另一道聲音來得毫無徵兆，卻也篤定決絕：「你不是裴渡。」

黑氣兀地頓住。

謝鏡辭握了握手裡的鬼哭刀，刀柄寒涼，自指尖蔓延到頭頂。

她仍然保持著清醒。

真正的裴渡，絕不會用如此卑劣的方式，妄圖占據他人身體。

他安靜又溫柔，有些靦腆內向，卻懷有一身傲骨，如同尚未出鞘的劍，霽月光風。

他會因為心覺無法與她相配，咬牙苦修十年，從不曾吐露心跡，直到強大到能同謝鏡辭並肩。

他會十年如一日地注視她的背影，哪怕思之如狂，也不過是製造一場「偶遇」，佯裝不甚在意地，送出一句「讓我留在你身邊」。

甚至於，在另一個世界中，裴渡墮化入魔、為天下人所棄，唯一的心願，也是讓她醒來。

黑氣不是他。

真正的裴渡，留在了那個世界的鬼塚。

遍體鱗傷、狼狽虛弱，不知何時會孤獨死去，可當位面裂縫出現，他放棄了奪回一切的機會。

倘若他來，謝鏡辭註定要在兩個裴渡之間選擇一個。

他不願叨擾，因為不想讓她為難，更不希望她心生愧疚，不得安寧。為喜歡的姑娘阻隔所有不幸與陰暗，這是裴渡保護她的方式，一向如此。

至於如今潛藏在她腦海中的，只不過是一團偷走了裴渡記憶的魔氣。

這團魔氣誕生於鬼塚，一直住在他識海之中。它雖然窺見了他所有記憶，但骨子裡，絕非裴渡本人。

謝鏡辭都明白。

她那麼那麼喜歡他，如果連這一丁點的信任都沒有，那未免太過失敗。

「我不是他……但我看見過他全部的記憶，也曾是他身體裡的一部分——我和裴渡有什麼不同？」

這是它從未料想過的發展。

黑氣被她的言語激怒，嗓音陡然拔高：「知道在那個世界裡，他——我是怎麼過來的嗎？在鬼塚裡吃魔獸的屍體勉強苟活，日日夜夜受到魔氣折磨，天下人皆道我是窮凶極惡之徒，前來刺殺的人一個接著一個，從沒停過。」

感受到謝鏡辭眸光微暗，它嗤笑一聲：「就算變成那樣，我也時時刻刻想著妳。付出那麼多，妳難道就沒有一丁點兒心疼？倘若不讓我進入那具身體，妳對得起我嗎？明明就連妳的這條命，都是我救的！」

它越說越快，不知出於興奮還是惱怒。

「更何況，我和這個世界的裴渡本質並無差別。他有的記憶，我全部都有；他會的劍法，我全部都會；他能給妳的一切，我也都能給。無論那具軀殼裡是誰，對妳而言，都不會有多大變化，妳說對——」

對於說服謝鏡辭一事，它胸有成竹。

不管是多麼鐵石心腸的人，聽見它方才所說的話、看見那些記憶，都會心生愧疚。只要抓住這一點，就能瞬間擊潰她心中的防禦，無論出於愛意還是良知，她都會選擇它，讓它住進那具全新的軀體。

橫豎只是個不諳世事的小姑娘，能有多難說服。

它語速加快，步步緊逼，完全不留給對方反應的機會，然而正當結尾，一個「對」字剛說完，就感覺身邊猛地一震。

這裡是謝鏡辭的識海，按理來說，不可能出現如此劇烈的動盪。

這道震顫來得猝不及防，黑氣正要觀察四周局勢，尚未抬頭，便被一股巨力轟地砸中。

有人對識海發動襲擊。

——準確來說，是謝鏡辭對自己的識海發動襲擊，還是下了死手，轟隆一響，毫不留情。

黑氣被打得有點懵，轉瞬之間，又感受到下一股衝撞。

這女人——

識海在她腦袋裡，一旦受了傷，牽一髮而動全身，造成的痛苦無法估量。她卻為了讓它吃到苦頭，傷敵八百自損一千？

這是瘋子吧！

這個世界的裴渡被寄生後，似乎也對它做過同樣的事。

兩個瘋子，不愧是一家人。

「想道德綁架啊？」謝鏡辭發出一聲輕笑，沒在原地停留，而是循著它之前的話，一步步走向八卦離火位：「你覺得，我會對你心存一絲道德嗎？雖然想用愧疚感把我套住……但你根本就不是我應當感到愧疚的對象，真以為能有用？」

黑氣很明顯哽了一下。

這個情節發展不對。

莫說有人為保護她而死，就連位面穿梭這種事，正常人都會糊里糊塗想上好一會兒，短時間內無法接受。可她不但面色如常地全盤接下，甚至還有閒心……嗆它？

她不應該掩面痛哭，一遍又一遍道歉，向它說「對不起」嗎？

「你是鬼塚裡的魔氣，因為寄生在裴渡識海，所以看見他的全部記憶，對吧。」謝鏡辭語氣淡淡，帶著毫不掩飾的嘲諷：「看遍他的記憶，就能說是他本人了？我看了那麼多話本，也從沒說過自己是哪一本裡的女主角啊。」

黑氣：「……」

這劇情合理嗎？為什麼被按頭瘋狂輸出的成了它？而且在她的咄咄逼人之下……它居然

連一句話也說不出來？

這女人不對勁！

「同我在學宮一起修習的是你嗎？決定要與天道做交易的是你嗎？都不是。」謝鏡辭笑了笑，眼中卻全無笑意，如同蒙了層薄冰：「你甚至不喜歡我。」

它繼承了裴渡的記憶，理所當然對她懷有一些曖昧的情愫，不可能像在裴渡體內時那般肆無忌憚、張牙舞爪，當謝鏡辭遇到危險，也會出言助她一臂之力。

但也僅僅是這樣了。

它來到這個世界，唯一的、最大的目的，唯有占據一具全新的身體。

之所以想用愧疚感綁住她，是為博取同情，從而在謝鏡辭的協助下，早日達成目標。

她不傻，什麼都能看清。

記憶是很神奇的東西。

凌水村裡的人們不再記得水風上仙，心中卻堅守著那位神明的信念，見到他的雕像，亦會心生親近。

這團魔氣即便擁有了裴渡的全部記憶，被少年牢牢印刻在骨子裡的正氣與情愫，卻是無論如何都偷取不來的。

刀光劃破離火位，偌大的封閉空間裡，忽然襲來一縷涼爽清風。

接下來，是另一處陣眼。

「說得倒是好聽。」被一針見血指出心中所想，它不願再藏，乾脆破罐子破摔，語氣裡多出幾分陰寒的冷意：「妳棄我於不顧，那他呢？他為妳做了那麼多，事到如今，妳卻要理所當然接受他的犧牲，放任他修為盡失、在鬼塚被魔物吃到連骨頭也不剩——這就是謝小姐對待心上人的做法？」

這句話裡的諷刺意味很濃。

它本以為謝鏡辭會惱怒或羞愧，可她揚起手中直刀，旋即鬼哭落下，陣法劇顫。

「我自有計劃，不用你來操心。」

長刀將黑暗破開一道豁口，在流瀉的凌厲刀意間，第一縷陽光灑落其中，映亮她綺麗的眉眼。

謝鏡辭眸色如炬，嗓音清清冷冷，落在徐徐展露真顏的琅琊祕境中：「所以不要再用拙劣的演技模仿裴渡，也不要模仿他的聲音——冒牌貨。」

直至鬼哭刀把陣法破開一道裂口，天光乍現，謝鏡辭終於能窺見琅琊祕境。

她只糊里糊塗來過一次，大部分記憶還被吞吃殆盡，因而對於謝鏡辭來說，這裡是塊陌生的土地。

根據進入祕境前與顧明昭等人立下的約定，琅琊陣法詭譎莫辨，單獨行動恐遇不測。最好的辦法，是前往祕境裡最高的山峰，迅速與其他人會合。

魔氣被她一嗆，終於悻悻然不再鬧騰，又回到識海深處，不知道在琢磨什麼。

如今它被蝶雙飛困在她識海裡，就算妄圖坑害裴渡，也無辦法掙脫束縛跑出來，算不上太大的隱患。當務之急，是儘快找到分散的同伴，尋回神識後從祕境離開。

謝鏡辭環顧四周，不由蹙眉。

琅琊祕境不大，他們約定見面的高峰直聳入雲，加之有陣法加持，被瑩亮的靈力渾然包裹，一抬頭便能瞥見。

然而她所在的地方，完全望不見山的影子。

這也太偏僻了吧。

謝鏡辭暗自腹誹，手中鬼哭刀沒放，抬眼打量四周。

琅琊荒廢多年，又有靈氣不斷滋生，每個角落都長滿了亭亭如蓋的參天大樹，襯有密如繁星的野草野花。

清風徐來，草木悠揚，窸窸窣窣的影子好似魑魅魍魎，顯出幾分瘮人的幽謐。

樹葉密集，把自上而下的陽光遮掩大半，她正試圖辨別東南西北，忽然聽見不遠處傳來一聲尖叫：「救——救命啊！」

這道聲音稚嫩尖銳，來得猝不及防，比起少年，更像一個半大的小孩。

尖叫聲後，便是樹枝被拂動的嘈雜聲響，一時間有如驟雨疾風，猛地向謝鏡辭直衝而來——

轟！

一道人影猛然衝出，飛箭一般破開層層疊疊的密林，謝鏡辭穩了心神定定看去，果然見到一個十二三歲的男孩。

男孩身形瘦弱，面色是久病的白，蒙了層狼狽的灰，衣衫同樣沾滿泥沙與灰塵，乍一看去破開了好幾道口子，隱隱現出殷紅血色。

像個逃荒的。

他一眼就望見立在林中的謝鏡辭，先是露出絕望恐慌之色，待細細打量一番，雙眼倏地一亮：「妳、妳是人？」

什麼叫「她是人」？

謝鏡辭來不及開口，男孩身後，便立即竄出另一道影子。

「救救救命啊！妳修為高不高？這傢伙很凶的，我，妳——」男孩應該被追了許久，大口喘著氣，語無倫次：「打不過就快跑啊！」

伴隨著一聲陰冷嘶嚎，枝葉輕顫，黑影穩穩立在原地。

這是個通體漆黑的長毛怪物，唯有一雙眼睛是幽暗的血紅，臉頰尖細，長尾輕輕一掃，便掠起刺骨腥風。

謝鏡辭了然：「黑狐。」

「所、所以呢？」男孩下意識往她身後一縮，不知出於什麼原因，捏了捏謝鏡辭的衣袖，輕輕一觸，又很快鬆開：「妳能打敗——」

他話音未落，陡然聽見疾風嗡鳴。

男孩驚詫地睜大眼睛。

站在他面前的年輕女修眸色沉沉，看不出緊張惶恐的情緒，在他出聲開口的瞬間，手中長刀暗光一現。

血紅光芒，比起正派修士手裡常見的白芒，憑空多出幾分邪氣，威壓一出，便讓他脊背發寒。

她的動作快得不可思議，騰身而起之際，只餘下疾電般的凌厲殘影。

頃刻疾風大作，光影明滅裡，兀地蹦出一抹血紅——

然後猛然爆開。

完全不留給他反應的時間，只不過短短瞬息，那個對他步步緊逼的怪物……就被割破喉嚨，頹然倒在地上。

男孩目瞪口呆看著少女落地，眸光一轉，手裡刀光也隨之晃動，直勾勾對準他的脖子。

謝鏡辭挑眉：「你是何人，什麼時候進來的？」

這男孩長相陌生，應該並非凌水村村民，更何況他們一行人進入祕境時，理應沒人跟在身後。

「別別別動怒！我是上一次祕境開啟時進來的，一直沒出去！」男孩怕得厲害，說話抖個不停：「妳能進來……琅琊是不是又開了？」

謝鏡辭將他上下端詳一番，豆芽菜，膽子小，一副命不久矣的病秧子模樣，無論如何，都不是敢闖祕境的類型：「你一個人？」

男孩點頭，又聽她繼續問：「一個人進來做什麼？」

眼前的女修實力理應不低，雖然毫不猶豫救了他，然而那刀法實在詭異，又凶又狠。他分不清此人是善是惡，正要開口，卻噗地一咳，口中吐出黑紅的血。

謝鏡辭一怔：「你怎麼了？」

「生病了。」他對於咳血已經見怪不怪，輕車熟路將其從嘴角抹去：「聽說琅琊有治病的藥，我想著橫豎都是死，來這裡看看，說不定能撞上大運，找到那味靈藥。」

看他如今這副模樣，定是沒找到那味藥材。

他擦完血跡就沒再說話，倒是肚子裡發出咕嚕一道悶響，惹得男孩露出有些尷尬的神色，不好意思摸摸鼻尖。

距離上次祕境開啟，應該過了一月有餘。

雖說琅琊裡沒什麼棘手的大怪物，以小妖小魔為主，但這孩子很明顯全無靈力，不過是個手無縛雞之力的凡人，加上一身重病，能撐這麼久，已是極為不容易。

他沒有儲物袋，祕境又不會主動送上大魚大肉，想來平日裡只能靠野菜野果充饑，這會兒覺得餓，屬於情理之中。

至於這孩子年紀輕輕，就要豁出性命孤注一擲，身邊沒有長輩陪同，恐怕他家裡人——

謝鏡辭在心裡嘆了口氣，從儲物袋拿出一份點心：「你需要的藥材叫什麼名字？你方才說我『是人』，難道在最開始的時候，你覺得我並非真人？」

這一串問題讓男孩愣了好一會兒，才終於應聲：「我要找的藥草名為『玉鈴蘭』。不是說妳不是人啊——我，我的意思是，我之前在祕境裡遇到很多妖魔鬼怪，全都長得與常人無異。要說有什麼不同，就是看上去半透明，模模糊糊的，也沒辦法摸到。」

所以他才會為了確認真假，特地捏一捏她的衣袖。

在來琅琊以前，謝鏡辭翻閱過不少相關的典籍遊記，對於怪物種類熟爛於心，但像男孩描述的這種，不知為何從未見過。

她心生好奇，一邊看他抱著點心狼吞虎嚥，一邊順口問：「和人長得很像的邪祟？你見了那麼多，居然能活下來？」

「它們好像沒想要殺我……但它們好奇怪，嘴裡總是呢喃著，不知道在說什麼。其中一隻還老是跟在我身後，陰慘慘的，問它不答話，叫它也不回，我都快被嚇死了。」

聽他這樣說來，謝鏡辭心中興致更濃：「你在哪兒見到它們的？」

她此話一出，對方就立刻嚇白了臉。

「妳妳妳、妳該不會打算去那個地方探祕吧？」男孩連連擺手：「那地方簡直堪比魔域……不對，它是是魔域裡的地獄！我只不過看上幾眼，就連續做了好幾天的噩夢，那裡的東西通通都不正常，真的！」

他瞭解得不深，謝鏡辭卻清清楚楚：關於男孩所看到的景象，在此之前，從未有人提起過。

自她陷入昏迷，無論謝疏雲朝顏還是裴渡，都來琅琊祕境裡搜尋過數次，無一例外一無所獲。如果這祕境裡還藏有從未被發現的、極為隱祕的角落……

會不會就是奪走她記憶的那怪物藏身的地方？

他說得一本正經，擺明了想要阻止她腦海裡危險的念頭，萬萬沒想到，謝鏡辭聽罷更加興奮：「真的？你是從哪兒進去的？」

男孩：「……」

男孩：「……妳想去看看？」

不看白不看。

謝鏡辭用力點頭。

出發之前，謝鏡辭往天上射了支靈箭。

他們進入祕境前，思考過無法尋到彼此行蹤的可能性，於是特地準備了能一飛沖天的靈箭，用來告知其他人自己的位置。

射出靈箭，意味著有事耽擱，或是中途遇上麻煩，其他人如果離得近，能馬上趕來。

男孩心裡有一萬個不願意，但礙於謝鏡辭的救命之恩，一番猶豫下，還是決定領著她前往入口。

「我、我只會把妳送到入口，看在那份點心的份上。」他又咳了一聲：「進去以後，就全靠妳自己了——那種地方，我不想去第二回。」

謝鏡辭點頭：「小朋友知恩圖報，不錯啊。」

「我——」男孩下意識出聲，說完一個字，似是腦袋卡了殼，內容兀地一轉：「有人教過我這四個字，我學東西很快。」

讓他避之不及的「魔域」不遠，沒走幾步便到了入口。

令謝鏡辭有些驚訝的是，入口居然是個平平無奇的山洞，想令其啟動，唯一的法子，是破開洞前的八相仙卦。

八相仙卦，是修真界裡常見的陣法之一。在學宮研究符法時，它是所有人入門必修的基礎課程。

縱觀整個修真界，只要是稍有修為之人，都能明白此陣解法，不費吹灰之力解開。然而此時此刻，山洞前的這個——

就像遇見一加一的數學題，任何人都會填上答案為「二」。

但她身側的男孩對此一竅不通，隨手糊里糊塗寫了個答案，類似「等於一千八百八十八」或者「等於一朵花」。

她總算明白，為什麼來來往往的人那麼多，卻從未有人發現山洞裡的貓膩了。

正確的解法只會讓陣法解除，想引出山洞背後的別有洞天，必須反其道而行。

恐怕連男孩自己也不會想到，自己情急之下的隨手搗鼓，居然會破開蒙蔽了無數高人前輩的機關。

「那日我迷路來到這裡，被困在一個陣法裡頭。」他說著撓頭：「我沒學過怎樣破陣，只能碰運氣——然後那條小路就出來了。」

小路。

謝鏡辭踏入山洞，首先映入眼中的，是一條筆直幽深的長長大道。

洞穴裡不見陽光，只有洞口偷得幾分散落的光暈，淺黃色亮芒隨著道路漸深，呈遞減之勢越來越弱。

直到後來，大道變為伸手不見五指的漆黑，如同巨獸張開的血盆大口。

倘若細細看去，在大道中央，能望見一條岔開的小路。

小道狹窄，僅容一人通過，兩側皆是高高聳立的石壁，置身其中，只覺遍體生寒，心臟往上提。

但與大道擁有明顯差別的是，小路兩側竟生著淡淡螢光，朦朧飄渺，不甚真切。

「我那時實在害怕，看見那兒有光，沒多想就跑了進去，結果——」男孩有些害怕，打了個冷顫：「妳自己去看吧，千萬要小心。」

他說著一頓，忽然大叫一聲：「哇！」

不只男孩，謝鏡辭也被嚇了一跳。

在小道入口處，不知何時站了個身形高挑的黑裙女人，因光線陰暗看不見臉，唯有周身散發的陰冷氣息源源不絕，古怪非常。

如男孩若說的一樣，她身形半透明，像團飄在半空的霧。

謝鏡辭苦著臉。

這是恐怖片啊。

「就、就是這個。」男孩往她身後縮了縮：「我那次進入洞裡，雖然最終逃了出來，但那女人陰魂不散，打那以後就一直跟著我。她她她，她是不是傳說中尋找替死鬼的凶靈啊？」

「若是凶靈，不會讓你活這麼多天吧？」謝鏡辭睨他一眼，再往黑衣女人的方向看去，已然不見蹤影。

「我在想，也許那地方全是死在祕境裡的冤魂。」他的語氣仍然緊張，被嚇出了哭腔：「妳進去又出來，說不定身後也會跟著一道影子……要不還是算了吧？」

謝鏡辭卻不這麼想。

如果在小路盡頭，真藏著什麼殺人不眨眼的大怪物，這孩子不可能現在還活蹦亂跳。

至於那個突然出現又突然消失的黑衣女人，雖然看上去古怪，卻沒做出任何傷害他的事情，是善是惡，還有待考量。

「我下去看看便回。」待會兒還要與其他人會合，她不能在此地逗留太久，必須快去快回，臨別之際，送了男孩幾張符咒：「這些有驅邪之效。你可以拿著它們從祕境離開，如果找不到琅琊出口，待在洞口等我便是。」

男孩整張臉皺得像苦瓜，不怎麼情願地點點頭。

謝鏡辭很快動身。

洞穴之中陰冷非常，如同置身於冰窖。她順著小路往前，穿過最初狹窄逼仄的石壁，兩側空間逐漸寬廣。

此地幽深，理應不會有風吹進來，謝鏡辭卻隱約聽見嗚嗚的冷風輕嘯，再仔細分辨，才認出那是人的嗚咽。

最初的異變，是她眼前晃過一道倏然而逝的白影。

謝鏡辭再往前一步，瞳孔驟然緊縮。

——人。

小路到了盡頭，擴散成一處圓弧形狀的巨大洞穴。螢光蕩開，視野之中豁然開朗，而填滿整個視線的，竟是一個又一個各不相同的人。

翩翩少年有之，八旬老者有之，學步孩童亦有之。

有的高高浮在半空，做出斟酒之勢，旋即後仰，將佳釀吞入口中；有的靠坐於石壁，雖在轉頭與人說話，身邊卻是空空如也。

有佳人鼓瑟吹笙，有郎君翩然而立；有一角房檐高掛彩燈，一隻手向上伸去，亮芒映出膚如凝脂；中央一樹落花如雨下，清風迴旋，又在頃刻之間消散無蹤。

千姿百態，萬物生輝，除了人像與景象，亦有妖魔邪祟的影子。林林總總，不一而足，皆是半透明懸在空中，有的甚至上下顛倒，倒吊著行走在洞穴頂端。

這是種極為怪誕，卻也極美的景象。

彷彿世間美好的事物，被盡數藏匿於這一處小小山洞，只可惜呈現的方式混亂又古怪，如同被隨意揉在一起的麵團，美感全無，反而多了幾分荒誕。

她的突然闖入並未激起太大水花。

洞穴裡的男男女女彷彿沉溺於一方世界，對外界變化充耳不聞，偶爾有幾個轉頭看她一眼，又很快別開視線，繼續之前的動作。

這應當並非鬼魅。

一個猜測湧上心頭，謝鏡辭胸口猛地一跳。

「妳是外來的修士？」一道陌生的嗓音打斷思緒，她循聲望去，見到一名含笑的少年。對方與她四目相對，笑意加深：「是那個小孩引妳來的？」

「正是。」謝鏡辭按耐住心中情緒：「敢問此地是——」

她努力斟酌語句：「這裡的景象，都是被吞噬的記憶嗎？」

這回輪到少年露出驚訝的神色，仔仔細細端詳她一遍：「正是。」

猜對了！

謝鏡辭心中一喜：「莫非所有記憶都在這裡？」

「看妳這般開心，莫非也被憶靈奪了記憶？」少年搖頭輕笑：「恐怕要讓姑娘失望了，在山洞裡，我從未見過與妳相似的人。」

原來那怪物叫做「憶靈」。

對方的語調不緊不慢，耐心解釋：「這洞穴裡並非它所吞吃的全部記憶，要說的話……更像是憶靈吃得太撐，從口中吐出來的廢棄品。」

謝鏡辭蹙眉：「它吃了別人的記憶，又把它們丟棄在這裡？你也是記憶之一嗎？」

「對於它而言，記憶只是不值一提的食物啊，丟了不心疼的。」少年緩聲笑笑：「憶靈成型已久，自百年前起，就已經在吞吃神識。我誕生於數百年前，久而久之生出了靈智——至於那些新來的記憶，頂多留存一些本能反應，不能思考，也無法與人交流。」

她回首看身後的小路一眼：「你們沒辦法離開此地嗎？」

「憶靈設了層層結界，我們無論如何都打不開。」他說到這裡，視線一晃：「不過有個例外。不久前來了段關於女人的記憶，她好像有個得了大病的兒子，為給他治病，特地來琅琊祕境採藥，結果出意外死了——沒想到她兒子為了找她，居然也入了琅琊祕境，還糊里糊塗闖進山洞裡來。見到那男孩以後，她硬生生破開封印，跟在他身後離開了。」

謝鏡辭心下一動：「一個黑衣女人？」

「妳見過她？」少年點頭：「闖開封印，是要忍受鑽心刺骨、烈火焚身之痛的，稍不留神就會魂飛魄散的……更何況就算她能出去，又有什麼用？一個不會說話、不會思考的呆子，那小孩也不再記得她，只會把她當作陰魂不散的冤鬼吧？若想要記憶回籠，恐怕得等憶靈死掉。可它哪有那麼容易玩完？」

憶靈吃掉了男孩關於他娘親的記憶。

記憶凝成實體，不再存在於腦海，哪怕他與黑衣女人相見，也不可能再想起來。

至於那個黑衣女人，即便靈智未開，也要執意跟在男孩身後……或許只是本能地想要保護他吧。

謝鏡辭心下悵然，莫名有些發澀：「大多數進入祕境的人，都被它偷走了記憶嗎？」

「它口味可是很刁的。」少年搖頭：「比起記憶，憶靈更中意的，應該是『情感』。回憶裡潛藏的情感越深越純粹，就越容易被它盯上，所謂萬物有靈，不只人，即便是魔獸的夢，也能成為它的食糧。」

他已經許久沒和人說過話，好不容易遇到謝鏡辭，話匣子合不起來：「妳看那邊。」

謝鏡辭朝著他手指的方向望去，見到兩個舉杯對飲的青年。清風徐來，梧桐葉落，一片葉子墜入酒杯，引得二人哈哈大笑。

「這是一對好友此生所見的最後一面。黎明一來，便是無止境的從軍廝殺，其中一人功成名就、萬人之上，當初陪他坐在牆頭喝酒的人，卻再也見不到了。」

少年說罷，指尖一轉。

這回他所指的角落裡，坐著個掩面痛哭的女人。她渾身濕透，蜷縮著渾身顫抖，一隻天犬靈寵緩緩上前，小心蹭了蹭她手背。

「這隻天犬為保護她，被拖進了魔潮，死不見屍。這女人一生裡遇見那麼多形形色的人，最珍視的記憶，卻是和牠在雨天相依為命的時候。」

這些都是很微小的、在外人看來，或許不值一提的回憶。

一次交杯，一個擁抱，一個眼神，或是一名少女倉促的回眸。

對於記憶的主人而言，卻是一生中最最珍貴的寶物。

「除了這些，它偶爾也會收集一些負面情緒。」少年頓了頓，繼續道：「妳看那邊。」

循著他指向的一隅看去，見到一個跪地嚎哭、渾身是血的青年。在他身後腥風大作，血水彙聚成猙獰的小河。

「這段記憶，是他師門遭到敵家尋仇，師父、心上人和好友盡數死去的時候——悲傷、暴怒、絕望和恐懼，也會成為憶靈的食物。」

就像吃膩了一貫的口味，總得找些新鮮感。

少年嗓音沒停，不知想起什麼，突然轉了話題：「話說回來……在祕境關閉前，姑娘會離開琅琊吧？」

謝鏡辭不明白他的用意，眨眼點點頭。

「雖說有些突兀，但能不能拜託姑娘一件事？」少年有些不好意思地撓了撓頭：「我吧……我當年和未婚妻一同到這兒來，沒想到意外身亡，未婚妻關於我的記憶也全被憶靈吃了，變成如今的我。雖然她已經不記得我……若姑娘得了空閒，可否前往玉川凌河村，尋個名為『林雙』的墳塚，為她送朵梔子花？」

他說罷垂了眼睫，聲音漸低：「……她最愛梔子花，我一直沒機會送。」

如今哪怕獻上，也已相隔百年。

謝鏡辭心中百轉千迴，本欲開口，卻驟然聽見一聲怒吼。

那是道完全陌生，卻也似曾相識的聲音。

她脊背陡僵，鬼哭刀嗡地發出紅光。

「是憶靈！」少年神色大變：「它定是察覺陣法被破，妳快找個地方藏起來——等等姑娘！妳要做什麼！」

憶靈誕生已久，加之吞吃過無數人的神識，若論實力，很可能超出了謝鏡辭原本的預計。

可她絕不能藏。

洞穴之外，還有個男孩生死未卜，更何況……被它吞噬的、曾被她無比珍惜的記憶，謝鏡辭想奪回來。

她良久無言，抬眸看洞頂的繁花星辰、佳人巧笑一眼。

那些都是人們牢牢銘記於心、最珍貴的記憶，和最珍惜的人，如今卻被當作垃圾，肆意丟棄在琅琊祕境不為人知的角落。

實在過分。

——她被奪走的那部分記憶，也如它們這般美好嗎？

直刀因戰意顫慄不已，少年呆愣在原地，看著靈力如潮，漸漸填滿幽暗洞穴，蕩起凌厲漣漪。

「給心上人送花這種事，」手握長刀的女修微微偏轉視線，瞳仁被刀光染作血紅，眼尾卻溢出一抹笑，「還是應當自己去做吧。」

這是謝鏡辭唯一的機會。

憶靈在琅琊祕境滯留多年，早就對所有地形了熟於心。它向來謹慎，之前被那麼多人日日夜夜地搜尋，也沒露出半點馬腳，倘若這次再度逃掉，想找到它的蹤跡，恐怕難於登天。

她之前雖然射出了一支箭，但不能保證一定會有援兵趕來，無論如何，都必須做好孤軍奮戰的準備。

身側的少年急道：「那是個活了幾百年的大怪物，妳才多大年紀？一定打不過的！」

「修真界可從來不以年紀論強弱。」謝鏡辭低了頭，在儲物袋裡翻找一番：「而且據我所知，東海靈氣單薄，修煉速度比其他地方慢上不少——它歲數再大，頂多是個化神期。」

拈花流仙裙，不是要找的東西，丟掉。

天雷符，應該能用上。

《論魔獸的一百種烹飪方法》,丟掉。

一個錦袋,丟——

謝鏡辭手上的動作停了一下。

她對這個錦袋毫無印象,什麼時候得到、為什麼要將它收入儲物袋、裡面又究竟裝了什麼,關於它的一切,全都一概不知。

好奇心一旦被激起,就很難往回壓,她動作很快,指尖輕輕一挑,錦袋上的紅繩便順勢打開。

那裡面冷冷清清,只裝著根細長的木籤,木籤上隱有模糊字跡,瞧上一眼,謝鏡辭就想起了它的來由。

是裴渡借抽籤為名送給她的禮物,上面一筆一劃、規規矩矩地寫:『讓我留在你身邊。』

那時他們並不熟絡,謝鏡辭也就沒多加在意,只當是運氣使然,緊接著——

緊接著,她做了什麼?

那是很久以前的事情,久到她幾乎沒辦法想起來。

按照她大大咧咧的性子,謝鏡辭本以為這根木籤早就被丟掉,或是消失不見了。

她當初……竟是將它裝進了小巧精緻的錦袋嗎?

「『頂多是個化神期』……姑娘,妳、妳能打過化神嗎?」

少年的嗓音響起,渙散思緒隨之聚攏。

謝鏡辭心知時間緊迫，來不及細想，順手將錦袋放回儲物袋裡，手再一探，見到手中握著的符紙，終於露出滿意的神色。

「有點懸。」她朝口中丟了顆丹丸，揚唇笑笑：「所以才要做足準備嘛。」

謝鏡辭雖然好鬥，但絕不是莽夫。

憶靈活了上千年，戰鬥經驗、靈力、修為乃至心性，無論從哪個方面來看，都稱得上是她的老前輩。

然而眾所周知，對於劍修刀修而言，越級殺人並非稀罕事。

她的元嬰與憶靈的化神，只相差一個大階的距離。

方才吃下的丹丸，可以有效補充體力與靈力；攥在手心裡的符紙，則能讓謝鏡辭擁有更多倚仗。若是硬碰硬，她必定落於下風，哪怕拼盡全力，也只能落得個同歸於盡的下場，可一旦有了外物加持，勝算就大上許多。

謝鏡辭穩下心神：「倘若憶靈死去，被它吞吃的記憶……都能回到主人的識海裡嗎？」

「我也說不準。」少年的嗓音在發顫：「但據我所知，困住我們的封印是憶靈所下，一旦它沒了命，靈力消失殆盡，封印應該也就得不到支撐。」

那就是可行。

謝鏡辭沒再說話，提刀向洞外走去。

小道裡充斥著湧動的靈力。

兩側石壁極為狹窄，靈力一動，便形成了凜冽如刀割的冷風，劇烈震動之下，整個山洞晃蕩不止，頂端落下塊塊碎石。

隨著道路漸漸合攏，可供通行的寬度越發窄小，在滿室微弱的螢光裡，謝鏡辭得以窺見一片天光。

與此同時，也終於見到守在洞穴之外的巨大影子。

她雖然丟失了與憶靈相關的記憶，卻仍然記得它所帶來的陣陣威壓。尤其此刻面對面撞上，被塵封許久的思緒復甦醒來，幾乎是下意識地，謝鏡辭感到一股殺氣。

洞口陣法被破壞，怪物氣急敗壞，惱怒到了頂峰。

因而這股殺氣勢如破竹，裹挾著吞噬天地的勢頭向四周俯衝，劈頭蓋臉砸在她身上，引得心臟一震。

憶靈顯然發現了她，周身殺氣略有收斂，沉默著轉過身來。

時隔一年，謝鏡辭終於看清它的模樣。

這是個長相古怪的怪物。

身形漆黑如墨，沒有固定的形狀，像是一團模糊不清的影子，於半空中不斷變換模樣。在它身體上，是一塊塊鼓包形狀的凸起，細細看去，才發覺那竟是一張張各不相同的人臉，喜怒哀樂皆有之，萬分詭異。

那些人面……應該也是被它吞噬的記憶。

憶靈沒有五官，但謝鏡辭能極為清晰地感受到，自己正在被它注視。

自怪物的目光陰冷凌厲，像在審視砧板上的魚肉。她掃視四周一圈，沒找到那個男孩的影子。

萬幸，他應該不在這裡。

然而此刻絕不是慶幸的時候。

憶靈把她當作破壞陣法的罪魁禍首，一時間惱羞成怒，從身體裡發出嘶吼，接而便是陰風驟起——

不等謝鏡辭揚刀，它就以迅雷不及掩耳之勢，猛地撲上前來！

這怪物的殺心竟如此之重嗎？

謝鏡辭皺了眉，飛速側身一閃，鋒利的腥風堪堪擦過側臉，劃破一條淺淺血痕。

第一擊被她迅速躲開，憶靈的攻勢並未停下。

它由琅琊靈力彙聚而成，沒有具體形態。漆黑混沌的身體稍一蠕動，竟凝出數把細長利劍，劍尖鋒利，向謝鏡辭呼嘯而來。

這回她並未躲開。

鬼哭上揚，在半空劃出一道血紅的圓弧。謝鏡辭出刀的速度無法用肉眼捕捉，圓弧留下漫漫殘影，倏而與其中一把利劍猛然相撞。

——錚！

利器相撞時，發出悠然長鳴。時間在這一瞬間如同定格，緊隨其後的，便是更激烈迅捷的碰撞。

數把利劍齊上，持刀的少女立於原地，竟以一己之力擋下諸多突襲。嗡然脆響不絕於耳，謝鏡辭的身法瞬息萬變，硬生生接下一把又一把的劍擊。

若有旁人在場，定然無法參透她的動作，只能見到綿延成片的道道殘光，以及逐一破開、散作齏粉的漆黑長劍。

憶靈斷然不會料到這般場面，眼看利劍紛紛碎裂，身形陡然一滯。

下一刻，就望見一往無前的刀光。

謝鏡辭眸色極沉，拔刀襲來的動作完全沒有預兆。

鬼哭刀染血無數、性邪且烈，比起憶靈，居然更像個發了狂的邪祟，殺意無匹。

它鮮少見到此等修為的修士，被這種魚死網破般的攻勢驚得一怔，很快回過神，周身再度凝出一重又一重黑影。

黑影至，謝鏡辭便揚刀。

手中雷符揚上半空，一字排開，被她光一掃，如同得了號令，引出道道幽藍色天雷。雷光漫天，織成密密麻麻的巨網，一齊罩向憶靈所在之處，無處可逃。

它哪曾想到這種花樣，剎那間慌了陣腳，只得把正與謝鏡辭纏鬥的黑影收回身邊，化作一面球形護盾，將自己包裹在其中。

趁著這個機會，謝鏡辭眼尾溢出一絲淺笑，順勢逼得更近。

她已經入侵了安全區。

被元嬰期小輩如此羞辱，憶靈惱怒至極，終於不再收斂實力。不過一眨眼的功夫，洞穴外風雲突變。

謝鏡辭被巨大的靈壓重重一撞，吐出一口血。

憶靈並非邪物，因而不會出現烏雲蓋頂、日月無光的景象，然而此刻明日朗朗，置身於萬里晴空之下，帶來的卻是遍體森寒。

林間樹木震顫，身側則是山搖地蕩。憶靈嘶吼不止，在枝葉紛飛裡，再度發起襲擊。

空氣沉沉下墜，謝鏡辭連呼吸都困難，只能勉強壓下沸騰的血液，讓自己逐漸適應這股強大得過分的靈壓。

然後揚刀。

長刀與長鬚相撞，兩者皆是快到看不清身影。

林中疾風激蕩，掃下落葉如蝶。樹葉落地的速度竟比不上身法變幻，戰至正酣，只餘下刀意如浪如潮。

謝鏡辭默然凝神，被一道長鬚正中脊背，嘴角又溢出一抹血跡。

她已經很久沒有鬥得如此酣暢淋漓。沉眠許久的血液彷彿重新凝結，漸漸甦醒，每一滴鮮血都躁動不休，催促著快快出刀。

憶靈活了千百年不假，但千百年一直活在靈氣稀薄的琅琊，身邊沒有旗鼓相當的對手，如今日這般的決鬥，或許是有生以來的頭一遭。

生活在象牙塔可不好。

謝鏡辭出刀更快，連帶幾張符紙凌空乍現。鬼哭的暗紅色刀光連綿而上，逐一點在符中，每一次觸碰，都點亮一道燦若星芒的瑩輝。

劍氣起，符意生。

咒法凝作七星之勢，徑直向憶靈襲去，謝鏡辭的長刀緊隨其後，在此刻極為貼近的距離下，怪物退無可退。

刀光遍天，雷霆萬鈞。

林中遊蕩的疾風驟然停滯，滿園蕭瑟，空留一道嗡然長嘯，下一須臾，便是刀風乍起，破開層層疊疊堅不可摧的靈牆——

謝鏡辭的刀，一舉刺入憶靈體內。

……得手了？

她不敢鬆懈大意，正要加重手中力道，忽見眼前金光一現。

憶靈仍在負隅頑抗，再度生出一層由靈力構築的護甲，趁著與長刀膠著的間隙，漆黑身形倏然一動。

在它身體中央，被無數觸鬚包裹著緩緩送出的……是一團澄澈瑩亮、散發著淺淺金光的圓球。

謝鏡辭感到前所未有的熟悉與親近。

這是她被奪走的神識。

憶靈定是感應到她的靈力，察覺與這團神識極為契合，至於它在此時此刻，猝不及防拿出——

謝鏡辭尚未來得及做出反應。

漆黑觸鬚瞬間聚攏，竟對準圓球所在的方向，猛地一壓。

即便置身於體外，那也仍是她的神識，如今被巨力猛然一擊，刺骨劇痛竟透過圓球，直勾勾傳入謝鏡辭識海之中。

在修士體內，識海最脆弱，也最珍貴。被旁人輕輕一觸，就會引出難以忍受的痛覺，更別說憶靈的動作毫無憐惜，用力一壓，千鈞力道好似山落，沉甸甸撞在她腦中。

謝鏡辭疼得皺眉，一時卸了手中力道，也正是此刻，憶靈再度一動。

它被逼到絕境，力求速戰速決，這次出手，下了置她於死地的決心。

靈力倏起，威壓層層爆開，殺氣擦身而過，只在一瞬之間。

然而也恰是在這一瞬間。

另一道劍光勢如龍嘯，帶著無可匹敵的巨力騰躍而起，清如蟾宮映月，利若風檣陣馬，竟生生將憶靈的氣息逼退數尺，掠過謝鏡辭耳邊，化作一縷柔和清風。

她的心咚地一跳，在落了滿地的白光裡，嗅到愈來愈近的樹木清香。

裴渡的身體在抖。

少年的體溫柔暖舒適，將她輕輕護在懷中時，小心翼翼不敢用力，伴隨著輕顫的、極力隱忍的低喃：「……沒事了，謝小姐。」

第九章　記憶

射出那一支靈箭時，謝鏡辭心裡最先想到的人，便是裴渡。

其實有人能及時趕到的機率很小。

琅琊祕境雖說不大，她所在的地方卻是偏僻至極，那一箭射出去，若是粗心一些，很可能不會發現。

就算能瞥見那一抹亮芒，也不一定能即刻動身。射出靈箭的意義有很多，例如有事耽擱、路遇強敵，或是找到了珍惜祕寶，大多數都不是什麼生死攸關的大事，更何況琅琊靈氣稀薄，盡是些不值一提的小怪物。

但不知怎麼，當射出那一箭時，謝鏡辭立刻便想到了裴渡。

即便不知道射箭的究竟是誰，又遭遇了何種境況，以他的性子，必然會毫不猶豫地前去一探究竟。

雖然不善言語，更不會誇誇其談，但他骨子裡刻著凜然正氣。

憶靈被劍氣擊中，猛地後退閃開，再度發出震耳欲聾的吼叫，身上的千百人面一併哭嚎，無一例外，皆是面目扭曲、神色苦痛。

裴渡拭去謝鏡辭嘴角血跡，往她口中塞了顆丹丸，以湛淵擋下越來越重的威壓：「那是妳的神識？」

方才識海被撕裂般的疼痛尚未消散，謝鏡辭沒力氣開口說話，只得輕輕點頭。

現實不像話本裡的故事那般，能讓兩人在決戰之際敞開心扉滔滔不絕。憶靈鐵了心要除掉他們，自然不會留出敘舊的時間。

劍氣未落，怪物的吼叫便鋪天蓋地湧來。裴渡來不及多言，將她小心靠在一顆古樹前，湛淵通體瑩白，猛然一震。

然而他的殺氣止於途中。

在那團龐然的漆黑大物中央，被諸多長鬚包裹著的……是一團淺黃色微光。

憶靈何其凶殘狡猾，裴渡若是出手，為了制約他的動作，必然會以這團神識作為籌碼，加倍折磨謝鏡辭。

那是她的把柄。

十指尚能連心，更不必說識海裡脆弱的神識。他見到靈箭後匆匆趕來，第一眼就見到光團被緊緊攥住，謝小姐咳出一口鮮血。

單單是那樣的景象，便已讓裴渡紅了雙目，倘若因為他的緣故，讓謝小姐承受更多痛苦——

少年眸色漸冷，凸起的骨節隱隱發白。

「我沒關係。」謝鏡辭運行全身靈力，試圖讓散亂的氣力回籠。她語氣雖則虛弱，卻篤定得不容置喙：「我好歹也是個修士。」

身為修士，若是貪生怕死，因為一丁點的苦痛就退卻，那未免太不合格。

除了未婚夫妻這層關係，他們兩人亦是旗鼓相當的對手。相信她能挺過去，是裴渡給予的、對於一名修士的尊重。

湛淵劍白光一凜。

憶靈察覺他加重的劍意，身形倏然一晃，果然又朝著光團用力下壓。

謝小姐沒有發出任何聲音。

作為一名刀修，她足夠強大優秀，絕不會因為一時的疼痛心生退意。裴渡食指輕顫，眉間浮起寒霜。

不久前還是明日昭昭，不過片刻，竟有陣陣冰風襲來，枝葉被冷意打落，散出滿林霜花。

憶靈本欲繼續用力，在瞥見寒光的剎那，卻不由身形猛頓——

太快了。

劍氣有如驟雨疾風，迅捷得難以分辨，每一擊都毫無章法，擺明了要將它置於死地。在這種局勢之下，它哪裡還顧得上破壞那團神識，一旦稍微分神，就會死無葬身之地。

劇痛經久不散，謝鏡辭眺望林中的層層劍氣，輕輕吸了口氣。

她能感受到，裴渡在生氣。

無論是之前被裴鈺誣陷，還是在歸元仙府迎戰邪魔，他都沒表現出如此刻一樣的殺意。劍修本就講求殺伐果決，裴渡平日裡溫和少言，瞧不出狠戾的氣勢。

如今拔劍而起，寒芒頓生幽朔，肅殺的劍意竟凝成道道實體，不過反手一斬，便有漫天寒霜層層彙聚，再以他為中心，如利劍般猛然爆開。

憶靈若想對謝小姐動手，他唯一的制止辦法，便是連一個可乘之機都不留給它。

湛淵鋒芒畢露，映亮少年精緻的眉眼，亦襯出眼尾一片猩紅血色。裴渡避開條條長鬚，揮劍側斬，霎時劍光奔湧如龍——

憶靈卻並未躲開。

謝鏡辭心下一動，下意識開口：「裴渡，當心！」

可惜已經太遲。

樣貌古怪瘆人的怪物身形一顫，在無休止的顫慄中，竟硬生生接下裴渡的一擊，旋即墨色四溢。

像合攏的花骨朵一點點張開花瓣，憶靈的身體自中間裂開，向兩側逐漸延伸。

用更準確一點的描述，像一張慢慢打開的嘴。

她雖沒了記憶，也還是一眼便能猜出，那是憶靈吞噬神識的前兆。

對於神識的攻擊無影無蹤、詭譎莫測，常人完全找不出抵禦的辦法。

騰空而起的黑霧混濁不堪，裴渡試圖抬劍去擋，卻只見憶靈輕笑般顫動一下，下一刻黑霧蔓延，徑直穿過劍氣，來到他身邊。

這是她未曾料想的局面。

謝鏡辭一顆心懸到了喉嚨，來不及細想，正要忍著劇痛拔刀上前，晃眼再看向裴渡，卻見到不可思議的景象。

黑霧來勢洶洶，擺明了要包裹住他，然而在觸到裴渡身體的瞬間，竟像被某種力量轟地彈開。

這是怎麼回事。

憶靈的術法……對裴渡無效？

裴渡亦是微怔，許是為了解答這份困惑，空茫識海裡，響起雌雄莫辨的嗓音。

『有我在這兒守著，還想偷你神識——當我們天道代言人是吃白飯的啊？』系統哼哼笑了兩聲，語氣漸高：『我最看不慣這種厚顏無恥的小偷，小裴，揍它！』

必殺技撲了個空，完完全全不奏效，像在給他撓癢癢，這回輪到憶靈發懵了。

更懵的還在後頭。

它蓄了全身上下所有的靈力，只想把那少年劍修的記憶抽空，讓他變成白癡，然而他非但沒受到任何影響，反而殺氣更甚，提劍襲來。

……這究竟是哪門子的情節走向？

硬碰硬打不過，吞食記憶也行不通。它走投無路，只能一面竭力抵抗，一面在身體裡搜尋記憶，半晌，身體再次從中央裂開。

自憶靈體內陡然浮現的，是一顆與謝鏡辭神識相差不大的光團。

唯一的差別，是它通體漆黑，呈現出汙水一樣的混濁。

這是它最後的求生之法。

光團被擲出，穿過道道劍光，於裴渡身側爆開。

『這是……』系統冷冷嘖了聲：『它想塞給你別人痛苦的記憶。』

無法偷走，那就強行塞入。

純淨的神識有益於修為增進，像這種渾濁混亂的，只會惹人心智大亂、痛苦不堪。

系統雖能為他提供識海庇護，但神識爆開，透過血脈侵蝕全身，即便是天道代言人，也無法插手。

它說著有些不放心：『你……你還好吧？能撐住嗎？』

裴渡沒應聲。

劇痛席捲全身，他沒有力氣應答。

憶靈太過慌亂，早就把謝鏡辭的神識丟在一邊，全神貫注對他發動襲擊。

混濁的光團一個接一個裂開，少年揮劍的速度已不似最初那般行雲流水。

一段又一段痛苦不堪的記憶湧入識海，如同利刃肆意切割。

被屠盡滿門的、被仇敵踩在腳下的、被摯愛一箭穿心的……在記憶浮現的瞬間，身體也會感到身臨其境的劇痛。

但裴渡動作沒停。

這是個瘋子。

肆意妄為了數百年的怪物，頭一回感到遍體發涼。

『你的識海已經支撐不住了，快停下！』眼看裴渡咳出一口鮮血，系統慌忙揚聲：『再這樣下去，那些亂七八糟的記憶會——』

它的聲音很快被劇痛吞噬，化作模糊音節。

裴渡什麼都聽不清。

隨著憶靈身形一動，被強行塞進識海的記憶竟一併爆開。

撕裂般的痛覺來勢洶洶，顱骨彷彿被巨力碾碎、千刀萬剮，這種疼痛已然超出了身體所能承受的極限，饒是裴渡，也不由卸去力道，出現短暫的停滯。

高階修士之間的決鬥，每個瞬息都舉足輕重。

蠕動著的怪物發出桀桀怪笑，長鬚猛地合攏，裴渡竭力握緊湛淵劍，聽見系統的抽氣聲聲——

隨之而來的，是一縷刀風。

『這、這是——』系統罕見地有些呆滯，很快加重語氣：『謝鏡辭已經是這種狀態，居然還要湊上來，還要不要命了！真是瘋了……你們兩個都是！』

裴渡沒應聲。

在淋漓鮮血之間，視線已經模糊不清。當他努力止住顫抖，抬眼望去，只能見到一抹纖細且鋒利的影子。

少年滿面血色，眼底卻溢出一抹笑。

兩人都沒有多餘的氣力說話，在謝鏡辭長刀微震之際，同時動身。

無論如何，憶靈都不可能同時防住兩個人。

一劍霜寒起，長刀踏雪過。

謝鏡辭的刀意戾氣十足，鬼哭縈繞著森然血紅；裴渡的劍氣則是清凌如雪山流水，泠泠然一過，便引出白芒萬丈。

兩股截然不同的氣息，在此刻微妙地融為一體，好似自天邊落下一片酡紅霞光，暮雲深深，鳳吐流蘇。

謝鏡辭的靈力所剩無幾，只能抓緊這一刻時機，力求速戰速決。

她動作極快，先於裴渡欺身上前。鬼哭破風而過，有如萬鬼啼哭、哀風不絕，前所未有的殺意帶著摧枯拉朽的勢頭，逼向怪物前身！

憶靈渾身一抖。

它用盡渾身解數，倘若換作旁人，早就識海崩潰，淪為無法思考的廢物。如今的場面它始料未及，硬碰硬必然不敵，唯一行得通的辦法，只有儘快脫身。

下意識地，它往謝鏡辭揮刀的反方向一躲。

旋即後知後覺地愣住。

差點忘了……他們有兩個人。

因著那一團團神識，少年眉宇之間戾氣橫生，鳳眸滿溢血色。裴渡定是劇痛不已，身法卻愈來愈快，不由分說地靠近它，湛淵乍起。

殺氣銳不可擋，也有雖萬人吾亦往矣的決意。

而它已被逼到角落，無路可躲。

寒光倏揚，一片霜花自枝頭墜下，落在少年高挺的鼻尖。

裴渡靜靜看著它，不似大多劍修那般肆意張狂，而是長睫輕動，冷冽如山澗冰雪，低聲開口：「把神識——」

疾風起，湛淵落。

憶靈聽見清越乾淨的少年音：「還給她。」

長劍破開怪物龐大的身軀，偌大密林裡，響起一聲尖銳哀嚎。

團團簇簇的霜花落了滿地，一團明黃色微光從半空騰起，扶搖而上，刺破濃郁黝黑的煙塵。

旋即是第二團、第三團。

千百個光團恍如夏日螢火，悄無聲息地騰空、蔓延，短短片刻，竟凝成了能與日光匹敵的亮色，匯成傾瀉而下的倒掛銀河。

許許多多被遺忘了多年的情愫，於此刻逐漸回籠。

琅琊祕境人跡罕至的角落，瑟瑟發抖的男孩蜷縮成一團。

黑衣女人跟在他身後，如影隨形。他不敢看她，驅邪符咒用了一張又一張，卻是毫無用處，情急之下，只能抱著腦袋喊叫：「妳不要跟著我，快走開啊！究竟要纏著我到什麼時──」

他話未說完，忽然兀地愣住。

身體的顫抖比之前更甚，男孩倉惶地抬頭，之前女人站立著的地方，卻是空無一物。

……不對。

在那處偏僻無光的角落，靜悄悄躺著一株純白色小花。他從未見過它，卻在那一瞬間知道了花的名字。

它叫玉鈴蘭。

「琅琊祕境已開，你娘親一直沒回來，恐怕已經……」逐漸清晰的記憶裡，有人嘆息著告訴他：「她也是為了救你，可玉鈴蘭絕非凡物……節哀。」

原來他之所以來到琅琊祕境，並非想找到這朵花，而是為了某個不可能再出現的人。

當他與那人相見，卻什麼也不記得。

男孩呆呆立在原地，怔然開口：「……娘？」

角落裡靜悄悄的，除了風聲，沒有任何回應。

在遙遠的、少有人知的小小村落，墳塚荒蕪間，一縷清風拂過。

「這是哪兒來的風？好香。」有人好奇抬頭，露出驚訝之色：「這鬼地方，是從哪兒來的梔子花瓣？你快看，它落下來了——這是誰的墳？」

「好幾百年前的墳墓了吧。」她的同伴興致缺缺，低頭一瞥：「這位好像是個挺有名的女大夫，就那個創辦了萬民堂的，你聽說過沒？」

「哦哦！聽說她終生未嫁，說是在等人，問她是誰，卻又講不出來。」女子說著笑了笑：「不會是那個不知名姓的人回了魂，給心上人送花來了吧？」

同伴回以一聲冷嗤：「有病。大白天的，講什麼鬼故事？」

更遠一些的地方，有一縷清風拂過少女鬢邊碎髮，亦有提筆作畫的老嫗指尖一停。

垂垂老矣的劍客坐在院頭，滿樹杏花如雨下，忽然想起年少與某人定下的誓言。

那都是被深深藏在腦海的、最真摯美好的事物，隔著百年漫長光陰，終於在此刻重上心頭。

而在劍氣未散的密林中，少年劍修收劍入鞘，行至一團光暈旁側，等擦淨了手中血跡，才小心翼翼捧在手中。

他靜默無言，帶著滿身寒霜與猩紅，破開冷然劍氣，一步步走向不遠處的姑娘。

這一戰落畢，兩人皆是狼狽不堪。謝鏡辭先是餵他一顆聚靈丹，待得為裴渡擦乾淨臉上血跡，才遲遲道了聲謝，抬手觸上光團。

剎那間，眼前景象陡然一變。

『這是她的神識。』系統朝四下打量張望：『你的識海遭到那麼多侵入，已經千瘡百孔，她神識一開，也就理所當然受了波及。這段記憶——咦！』

不只它，在看清眼前景象的瞬間，裴渡與謝鏡辭同樣愣住。

九死一生的危機感還沒散去，謝鏡辭卻感到耳根發熱，只想找個地方好好藏起來。

從裴渡黑化入魔，到他與天道進行交易，引出兩個截然不同的平行世界，大部分邏輯都有跡可循。

意想不到的變數，存在於一處地方——

從漫長的、暗無天日的沉眠裡醒來，謝鏡辭所做的第一件事，為何會是前往鬼塚，尋找已然修為盡失、淪為眾矢之的的裴渡？

這是任何人都預料不到的事態發展，直接導致了兩個世界分裂的源頭。

心中有什麼東西竭力掙脫。

像是一道裂口出現在常年不融的冰面上，旋即越來越大、越來越多，如同蔓延開來的蛛網，一發不可收拾。

寒冰層層裂開，在混沌黑暗裡，出現一抹明亮天光。

謝鏡辭想，她似乎……終於知道答案了。

那根被她存放在儲物袋裡的木籤，其實從很久以前，就是一個預兆。

記憶徐徐展開，首先映入眼前的畫面，是她在學宮第一次與裴渡相見。

那時她與孟小汀行色匆匆，簡單寒暄後便道了別，不知走出多久，尚且年幼的謝鏡辭忽然回頭。

孟小汀察覺了這個動作，眉梢一挑：「咦——妳幹嘛回頭，想看方才那位小公子呀？」

這句話只得到了一個眼刀。

「那是裴家小少爺吧？我聽說他被裴風南收養，劍骨天成，厲害得很。」她笑意越來越濃，用開玩笑的語氣：「長得真好看。溫潤清冷貌美如花的小劍修，想想就有趣——原來辭辭喜歡這一款，我懂囉。」

記憶之外，謝鏡辭的心砰砰直跳。

她能感受到，身旁的裴渡渾身僵硬，氣息亂作一團。

他一直以為她不記得當初救下的陌生男孩，從最初見面到十年之後，從來都是一個人的默默奔赴。

可若是……她一直沒忘呢？

學宮深深，四下皆是靜謐無聲。

日光緩緩鋪開，映亮女孩漆黑的眼瞳。在流水般柔和的曦光裡，謝鏡辭再度回頭一望：

「我之前……好像見過他。」

其實細細想來，許多地方都曾顯露過徵兆。

例如謝鏡辭心高氣傲，對搭訕一概回絕，至於成婚一事，更是從未考量。

但她卻答應了與裴渡訂婚。

又比如當初進入歸元仙府，她與裴渡被困於成婚的幻境，為了讓幻境相信二人情投意合，謝鏡辭曾對他說過一段傾吐愛慕之意的話。

那番話未經思考，便氣呵成地吐露而出。當時連謝鏡辭自己都倍感詫異，為何能說得那般順暢，彷彿一言一語並非虛構，而是早就被刻在心頭。

雖然不太情願承認，但以如今的境況看來，十有八九是真情流露。

真情流露。

這四個字像團火，冷不防灼在她胸口，讓整具身體急劇升溫。

不得不親眼見到跟前的景象，這件事已經足夠讓人面紅耳赤，更要命的是，裴渡身為另一名當事人，正直挺挺站在她身旁。

謝鏡辭內心化成一隻瘋狂的尖叫雞。

這也太、太太太羞恥了吧！

在無聲蔓延的沉默裡，她強裝鎮定，抬眼迅速瞧裴渡一下。

入眼是少年稜角分明的下頜，微抿的、被血染作嫣紅的薄唇，再往上，便是一片落霞般的緋色。

裴渡的臉，可能比她還要紅。

——但她完全沒覺得有被安慰到！甚至更加不好意思了是怎麼回事！

記憶還沒完。

謝鏡辭只想嗚嗚嗚縮成一團，順便也讓裴渡閉上眼睛，不要再看。

少年察覺到她的視線，似是有些慌亂，也倉促投來一道目光。

他的瞳孔澄澈懵懂，映著淺淺的、如星火躍動的光，讓人想起清晨林間的鹿。眼神在半空短暫相交，謝鏡辭腦袋又是一熱，做賊心虛般轉過頭去。

緊隨其後，便是神識一晃，身邊景象換了模樣。

這是另一段記憶。

謝鏡辭不太敢繼續往下看，抬手摸了把臉頰，果然滾燙。

蜿蜒如蛇行的九曲迴廊不見蹤跡，眼前浮現出一片蒼翠竹林，正是學宮的一處試煉地。

此時正值傍晚，幾個年紀尚小的女孩並肩而行，忽有劍風掠過，吹動枝葉窸窣。

但見竹樹環合，在遠處欲滴的翠色裡，白衣少年持劍而起，斬斷突襲的道道幻影。他不知揮劍了多久，已顯出些許疲態，劍光卻仍舊凌厲，冷如寒霜。

「是我們上回遇到的裴小公子。」孟小汀循著風聲望去，拿胳膊碰了碰謝鏡辭：「這個時候還在練劍，他也太拼了吧。」

「身法還行，裴風南應該教他不少東西。」另一名師姐抬眼張望，刻意壓低聲音：「這位小公子看上去溫溫和和的，似乎很好說話，但我聽說，他跟誰都不親近，整天待在劍閣和竹林練劍。」

有人笑了聲：「這麼努力，是不是想奪一奪學宮第一？辭辭，妳可得當心了。」

裴渡離得遠，又全身心落在劍上，並未發覺她們的身影。

年輕的小姑娘不過淡淡瞥他一眼，答得懶散：「他劍意不錯。」

若是旁人，她從來都懶得搭腔。

孟小汀笑得更歡，開口時似有深意：「哦——是挺不錯的。」

想來謝鏡辭並沒有忘記他。

她不是會對誰一見鍾情的性格，在學宮與裴渡重逢，心中的驚訝占了大多數，除此之外，便是對於他實力突飛猛進的敬佩與尊重。

或許還有一點點別的情愫。

在一行人匆匆離去的時候，雖然動作微小，身為旁觀者的謝鏡辭還是一眼就捕捉到了貓膩。

年幼的她面無表情，冷得像塊鐵，臨近離開，目光卻悄然一晃，不動聲色地望了望遠處那抹雪白的影子。

謝鏡辭只想以手掩面。

身側的裴渡半晌沒有聲音，連呼吸都如同靜止，感覺不到任何氣息。

在謎一樣的尷尬裡，畫面又是一變，來到學宮年末大比。

大比採用一對一淘汰賽制，無論刀修、劍修、法修、醫修，抽到對手就打，贏了上，輸了便下。形形色色的修士鬥來鬥去，到了最後，只剩下她和裴渡。

謝鏡辭練刀多年，在很長一段時間裡，都是學宮第一。裴渡雖然天賦過人、日日苦修，但由於學劍不過幾年，不出意外落了下風。

好在這一戰打得酣暢淋漓。

他的悟性與劍意絕佳，面對謝鏡辭勢不可擋的威壓，非但沒有露怯，反而攻勢更穩。刀光劍影交錯，疾風如刃，竟生生斬斷了比武臺邊緣的一根石柱。

最終裴渡力竭落敗，大比宣告落幕。

謝鏡辭的親友團端茶送水噓寒問暖，她應付得暈頭轉向，目光不經意往外一瞟，撞入一雙漂亮的鳳眸。

少年劍修手裡緊緊握著長劍，孑然一身站在角落。

她身邊是溫暖和煦的陽光，以及吵吵嚷嚷、經常被嫌煩的一大家子親友，他卻置身於石柱投下的濃郁陰影裡，孤零零的，面目有些模糊。

裴渡居然在看她。

他沒料到謝鏡辭竟會回望，耳朵兀地通紅，目光忽閃一下，狼狽地彎了彎嘴角。

這個笑容生澀，帶著倉惶無措的赧然。雖然立在陰影之下，但當狹長的鳳眼輕輕一彎，笑意攜著微光，彷彿能從眼睛裡溢出來。

不怪當初的謝鏡辭沒出息，臉頰頃刻之間變得滾燙。

這抹笑溫柔得像水，即便是此時此刻的她，心臟還是不由自主地咚咚一跳，像被什麼東西戳中一樣。

回憶裡的小姑娘板著臉，彆扭地移開視線。

謝鏡辭絕望地想，她完蛋了。

當天夜裡，尚存稚氣的女孩趴在書桌上奮筆疾書。

謝鏡辭心生好奇，上前一看，才發現那是一本日記。

日記已經寫了很久，往前看去，居然大多都在寫裴渡。

裴渡心知不能閱覽女子書冊，很識趣地站在一側，並未上前。

還好他沒上前。

謝鏡辭看著白紙黑字，眼前發黑，腦子裡嗡嗡不止。

『今天居然見到了有過一面之緣的人。

他看上去變了很多，差點沒認出來。本來想打個招呼，但他一句話都沒對我說……應該是不記得我了吧？畢竟只見過一次面。

原來他就是近日傳得風風火火的裴家養子，能在短短幾年間讓修為精進至此，也不知道裴風南那個老古董用了什麼法子。

有機會的話，說不定能和他比一比。』

謝鏡辭一邊看一邊暗暗腹誹，只不過是「有過一面之緣的人」，居然能讓妳費這麼多篇幅去寫嗎？

明明另外幾天，都是用狗刨一樣的字寫『今天和孟小汀吃了烤鴨』，或是『與周師兄比試，險勝』。

她心裡咕嚕嚕吐泡泡，繼續往下看。

『在竹林見到裴渡練劍，他應該快要築基。

第一次見面的時候，他分明還是個沒什麼修為的凡人，這種進階速度真是不可思議。

他雖修為不高，劍法倒是用得漂亮，早就聽聞他劍道頗有天賦，果真不假。

不過師姐說，他一直獨來獨往，孤零零的，身邊沒什麼朋友。

我要不要試著——』

最後那句話被無情抹掉，只剩下幾個墨團，可以想像筆跡主人當時的內心糾結。

緊接著來到今日學宮大比的內容。

謝鏡辭低頭一望，耳朵轟轟發熱。

女孩字跡潦草，最初還一板一眼地寫：

『學宮大比戰勝裴渡，奪得魁首。

他朝我笑了一下。』

第二句話被一條線橫穿而過，想必是小姑娘想劃去，卻又中途停了動作，筆尖堪堪頓在半空。

謝鏡辭看見她的耳朵有些紅。

狼毫再度往下，落筆不再成字，而是畫了朵醜醜的簡陋小花。

不消多時，小姑娘就在整張紙上畫了滿滿一頁的小花和波浪線，不時用力抿唇，擋下嘴邊揚起的笑。

最後的幾個小字藏在波浪線裡，因為太過微小，必須細細去看才能看清：『有點可愛可愛可愛可愛可愛。他還有酒窩！可愛可愛可愛。』

沒救了。

那些波浪線有多洶湧，她寫下這些字的時候，笑容就有多麼浪蕩。

謝鏡辭脊背發麻，只想就此融進空氣，四大皆空。

裴渡雖然看不見日記的內容，但能清清楚楚看見她嘴角的弧度。他何其聰明，定是猜出了讓女孩發笑的緣由，長睫一顫。

緊接著畫面又是一轉，來到某日的學宮。

學宮有靈力相護，向來天朗氣清、祥雲罩頂，日光緩緩落在長廊上，映出少年修士們來去匆匆的影子。

孟小汀悠閒地走著，四下張望間，戳了戳謝鏡辭手臂：「奇怪，那裡怎麼圍了那麼多人？那間好像是……劍修的課室？」

謝鏡辭兀地抬頭。

人群熙攘，穿過人與人之間的縫隙，她見到室內的景象。

裴渡與四個年輕修士對立，少有地蹙著眉頭。

氣氛劍拔弩張，他孤身一人，竟未顯出絲毫弱勢，雙目微沉，脊背挺拔如竹。

「裴小公子把我的玉雪翡翠撞落在地，如今碎成這副模樣，想要怎麼賠償？」其中一人環抱雙臂，看好戲似的冷笑，說到這裡，陡然拔高嗓門：「哦——我差點忘了，小公子從鄉下來，恐怕沒聽說過玉雪翡翠的名頭。一萬靈石，你有還是沒有？」

他身旁幾人發出哄笑。

裴渡面色不改，並未生出惱怒的神色，嗓音有些啞：「我未曾碰那翡翠，分明是你自己摔的。」

「我自己摔的？」那人冷哼：「小公子為了避開這一萬靈石，真是睜著眼睛說瞎話。我摔它圖什麼？你問問在場這麼多人，誰信？」

「那是公孫家的人。」孟小汀壓低嗓音，露出擔憂的神色：「早就聽說這人壞主意多，經常變著花樣欺壓後輩……裴渡橫空出世，奪了他的名次，這絕對是報復。」

然而裴渡無從辯駁。

現場尋不到對他有利的線索，周圍那麼多旁觀的人，也沒人願意為了區區一個養子，得罪鼎鼎大名的公孫家族。

少年長身玉立,徒勞握緊右拳,單薄的影子被日光拉長,刺穿人潮,伶伶立在那。

他不願拔劍鬧事,也不會說重話,只能執拗著正色解釋,又呆又固執。

孟小汀一句話剛說完,便陡然睜大眼睛:「辭辭!妳幹什麼!」

——謝鏡辭沉著臉,穿過間隙上前。

看熱鬧的人不少,像她這般出聲的,卻是頭一個:「不巧,我不但相信,還親眼見到這位道友摔了玉雪翡翠。」

既然這人不講道理信口胡謅,謝鏡辭也就沒必要句句屬實。

要打敗陰謀,只能用更加不要臉的詭計,她懂。

「親眼見到?」半路殺出一個程咬金,公孫無論如何也想不到。謝鏡辭擺明了是要來砸場子,他強忍下心頭怒火,勉強勾了唇:「謝小姐之前不在這邊吧?妳又是如何見到的?」

「我在不在長廊閒逛,道友理應不知道吧?莫非你在課室好端端待著,還要時不時做賊心虛,去看看外面有沒有人?」公孫被嗆得一哽,又聽她繼續道:「玉雪翡翠脆弱易碎,若要掛在腰間,往往會配上雪蠶絲——據你所說,裴渡將翡翠撞落在地,難道道友用的不是雪蠶絲,而是頭髮絲?」

人群裡不知是誰發出噗嗤一聲笑。

謝鏡辭眉頭一挑,目光隱隱帶著挑釁,冷冷盯著他。

「來這裡閒逛？」公孫心知翡翠一事無法辯駁，只得尋了另一處入手：「謝小姐用刀，來我們劍修的地盤做什麼？」

學宮不是他的老巢，她想去哪兒就去哪兒，哪裡輪得上這人來管。

——雖然不得不承認，謝鏡辭之所以假借閒逛為名，特地來這邊晃悠，的的確確別有用心。

裴渡在學宮沒有倚仗，她心裡一急，本想說些庇護他的話，舌頭卻猛地打滑，下意識開口：「裴渡是我小弟，我罩的。我來看他，有問題嗎？」

謝鏡辭：「……」

透過小姑娘茫然的雙眼，謝鏡辭彷彿能聽見她心裡的聲音：我這個白癡在講什麼？

講出奇奇怪怪的話也就罷了，更讓人傷心的還在後頭。

裴渡怔怔立在原地，等終於反應過來，慢吞吞道了句：「多謝……謝、謝大哥。」

沉默。

令人窒息的沉默。這短短的一句話，她需要用一生去治癒。

當時的謝鏡辭少女心受創，看不見身後那人的表情。

透過裴渡茫然的雙眼，彷彿也能聽見他心裡的聲音：我這個蠢貨在說什麼？

公孫自討沒趣，沒再繼續找麻煩。謝鏡辭神色受傷，施施然出了課室。

「辭辭。」孟小汀眼神複雜，拍拍她肩頭：「路見不平拔刀相助，妳已經很不錯了。」

小姑娘失魂落魄得像鬼，猛地轉頭看她：「他叫我『大哥』？大哥？我看上去有那麼——那麼剽悍嗎？」

孟小汀趕緊搖頭：「往好處想，他不排斥做妳小弟啊！而且『大哥』算什麼，很有江湖味嘛！沒叫妳『大姐』就不錯了。」

大哥的確比大姐好點。

眾所周知，「大姐」相當於「大娘」的雅稱。大哥好歹還算是同一個輩分，碰上誰都能叫，一聲「大姐」叫出來，畫風立刻變成禁斷的忘年之交。

謝鏡辭有氣無力：「我現在的樣子是不是挺差勁？」

「像一隻發了瘋的大母獅。」孟小汀很誠實：「或是一顆在油鍋裡掙扎的炸湯圓。」

謝鏡辭如同垂死掙扎的魚，惱羞成怒，一蹦蹦出三尺高。

記憶之外，謝鏡辭以手掩面，裴渡臉上的紅潮沒褪過。

「謝小姐。」他解釋得吃力：「我那是一時心急。」

當時謝小姐從人群裡走出來，擋在他面前，裴渡只覺得像在做夢。

腦子和心裡一團漿糊，迷迷糊糊聽她說了小弟，他心臟砰砰直跳，下意識順著謝小姐的意思出聲。

在凡人界的江湖裡，與小弟相對的，往往是「大哥」。裴渡沒想太多，糊里糊塗就開了口。

說完的那一刻，他只想從謝小姐眼前澈底消失。

回憶仍在繼續。

謝鏡辭內心受挫，再也不敢去和裴渡套近乎，在日記本上提筆狂書：

『收為小弟這種做法，怎麼想都不是正常的搭訕方式吧！是英雄救美，不是好兄弟結義啊啊啊！怎麼會變成這樣！再也不看那些行俠仗義的話本了！付潮生、周慎害我！』

然後畫面再轉。

這次的背景總算不再是學宮，邪氣陰冷，蔓延如霧，放眼望去，整個空間都是幽謐瘆人的暗色。

孟小汀曾說過，在學宮的玄月地宮探祕裡，謝鏡辭曾遭人坑害，誤入荒塚。當時千鈞一髮之際，是裴渡及時趕到，與她聯手相抗，才終於擊退邪魔。

如今展開的畫面，應該就是荒塚之中。

玄月地宮森寒潮濕、不見天日，因廢棄多年，又曾是邪修聚集的地盤，邪氣經久不散。

荒塚作為地宮禁地，更是詭譎幽深。

此地藏於深深地下，立了幾座不知名姓的墳塚，被綠苔吞沒。四周不見陽光，唯有幾團鬼火懸在半空，散發出淡淡幽藍。

記憶裡的小姑娘四下張望，手裡握著筆直的長刀。鬼哭察覺到逐漸靠近的殺氣，嗡然作響。

她踩到什麼東西，垂眸一看，竟是好幾塊凌亂散開的骨頭。

低頭的瞬間，謝鏡辭耳邊襲來一道冷風。

置身於靜謐地底，邪魔的呼嘯格外刺耳。她反應極快，抬手拔刀去擋，雖然擋下了大多數力道，卻還是被洶洶邪氣擊中胸口，後退一步。

出口被人做了手腳，沒辦法從荒塚內打開。

她明白這是一場計謀，卻為時已晚，倘若當真死在邪魔手裡，所有祕辛都會同她一起埋葬。

少女只能咬牙去拼。

這隻潛伏在荒塚的邪魔不知沉眠了多久，一現身，空氣裡就瀰漫起腐肉生臭的味道。

它身形不大，行蹤莫測，應該是由邪修們不甘的怨念所化，凝成一具漆黑骷髏，所過之處腥風陣陣，讓她不由皺眉。

一個邪魔便已難以應付，謝鏡辭剛要拔刀迎敵，卻聽見角落裡響起一道哢擦響聲。

受到邪魔感召，沉眠於荒塚的屍體皆帶著邪氣，攻向她這個唯一的活人。

彼時的謝鏡辭初出茅廬，哪曾見過這般景象，一隻兩隻倒還好，然而墳墓裡的、角落裡的骷髏一個接一個冒出來，在屍山血海裡，她連立足的地方都沒有。

刀光斬斷連綿不絕的屍潮，邪魔本體更是四處飛竄。謝鏡辭應付得一個頭兩個大，本以為即將葬身於此，在上下躍動的鬼火磷光裡，突然察覺出口一動。

裴渡進來的時候，披了層薄薄軟軟的長明燈燈光。

一個人難以抵抗的局面，若變成兩個人，難度就降低不少。

他看出謝鏡辭陷入苦戰，沒有多言，拔劍靠近。與鬼哭猩紅的殺氣不同，少年的劍意澄澈明朗、燦白如雪光，刀劍交織的剎那，一暗一明，爆開強大的靈力。

以一敵多，最忌身後遭到偷襲。

一旦把後背交付給他人，無異於握住了對方的命脈。他們不甚熟識，甚至沒講過太多的話，此刻卻展現出驚人的默契，將屍潮擊潰。

邪魔亦是無所遁形，在環繞的靈力裡，發出最後一聲嘶啞咆哮。

謝鏡辭心中一動，下意識感到不妙。

在同一時間，她終於聽見裴渡的嗓音：「謝小姐！」

一聲轟隆爆響。

邪魔自知落敗，爆體身亡。四溢的邪氣瞬間充滿每個角落，少女怔然立在原地，鼻尖縈繞著清新的樹木香。

在邪氣湧來之際，裴渡擋在她身前。

萬幸他沒受到多麼嚴重的波及——

謝鏡辭反應及時，在他靠近的剎那調動全部靈力，護在裴渡身後。

她的靈力所剩不多，雖然充當了護盾的角色，卻沒辦法阻止所有邪氣。裴渡不可避免受了傷，暫時失去神智，被她笨拙地接住。

記憶之外，謝鏡辭眼睜睜看著當初的自己把裴渡扶出荒塚，在玄月地宮傳了求助訊號。

直覺告訴她，接下來的畫面，很危險。

是和荒塚邪魔不一樣的危險。

死裡逃生的少女累極了，長長出了口氣，坐在宮牆角落，須臾之後，視線一偏。

糟。糕。了。

她向來怕什麼來什麼，謝鏡辭心中警鈴大作，不敢繼續往下看。

地宮裡亮著長明燈，燈火葳蕤，不甚明晰，朦朦朧朧照亮她身旁少年的側臉。

這是她頭一回如此貼近地、仔仔細細地觀察裴渡。

小姑娘目光直白，在靜謐的空氣裡有如實體，不知怎地，嘴角突然溢出一抹笑，遲疑片刻後，慢慢伸出手。

她的指尖瑩白圓潤，力道很輕，如蜻蜓點水，悄悄戳了戳他酒窩所在的地方。

觸碰稍縱即逝，謝鏡辭看見她臉上迅速湧起的紅。許是覺得不好意思，少女迅速收回手，把腦袋埋進膝蓋，胡亂拱來拱去。

救命啊。

像小豬拱食。

謝鏡辭：「……」

謝鏡辭只覺得渾身都在往外噗嗤噗嗤冒熱氣，隨時會兩腳一蹬，變成一隻蜷縮著的通紅軟腳蝦。

這是她嗎？這真的是她的記憶嗎？她面對裴渡怎麼會如此嬌羞——好吧即便到了現在，她還是會因為裴渡臉紅，本性不改。

她已經不敢去看裴渡了。

被遺忘的記憶逐一鋪開，謝鏡辭腦子裡一團漿糊，混沌之中，忽然想起當初進入歸元仙府，她在幻境裡說的話。

——「你日日在不同地方練劍，鮮少能相見，我便特地觀察你前去練劍的時機與規律，刻意同你撞上，佯裝成偶遇，簡單打個招呼。」

原來這段話並非假的。

浮動的記憶裡，少女獨自行走在落葉紛飛的後山，模樣慵懶，手裡捧著本書。

其實那本書根本就拿反了。

後山寬廣，她佯裝無所事事的模樣繞了一圈又一圈，等終於感受到凌厲劍風，立刻低頭盯著書看，直到聽見一聲「謝小姐」，懶洋洋抬頭：「裴公子？好巧。」

然後便是簡短的寒暄與道別。

等轉身下山，走到他看不見的地方，少女眼尾才忍不住彎彎一勾，把書拎在手上轉來轉去，走路像在飛。

——「有時學宮領著我們前去祕境探險，那麼大的地方，我總跟小汀說，想要四處走走，瞧瞧各地機緣。其實機緣是假，想找你是真，若能在祕境遇到你，只需一眼，就能讓我高興。」

原來這段話同樣屬實。

「辭辭，妳以前不是嫌棄祕境小兒科，從不願進來探祕嗎？」祕境裡群山連綿，在掩映的樹叢裡，孟小汀累得氣喘吁吁，扶著腰喘氣：「不行了，咱們休息一會兒。這麼長的山路，絕對不是給人走的。」

這要是以前，她們倆早就從祕境裡悄悄脫身，去城裡大吃特吃了，

謝鏡辭遞給她一顆丹丸，眼裡是誘哄的笑：「多走走路，強身健體啊。妳不是體修嗎？很有用的。」

孟小汀雙眼睜得渾圓：「體修才不是這種修煉方式！我——咦，那不是裴公子嗎？」

於是她竭力壓下嘴角弧度，佯裝出冷然又陌生的模樣，抬眼回頭。

這一幕幕畫面有如當眾處刑，謝鏡辭腦子燒得發懵，心裡迷迷糊糊，冒出幾個字：對不起，小汀。

回憶進展到這裡，畫面漸漸褪色，所剩無幾。

當神識的光暈越發黯淡，終於來到被憶靈吞噬的最後一處記憶。

——被謝鏡辭深深藏在心底、視為珍寶的回憶，竟然發生在謝府的飯桌上。

「裴風南那老頑固，居然向我引薦了他的二兒子。」謝疏喝了口小酒，語意閒適悠然：「我本以為以他的性子，不會在意這種事情。不過裴鈺急功近利，劍法談不上出色，聽說性子也不怎麼好，想配辭辭，還差得很遠。」

他身為親爹，理所當然地認為自家女兒天下第一，哪個臭小子都配不上，近年來拒絕的提親多不勝數。

「裴家那幾個孩子……」雲朝顏說著一頓：「唯有裴渡尚可。當初地宮事變，多虧他出手相助——辭辭還記得麼？」

雖然沒有記憶，但謝鏡辭能猜到，當時的她定是心如鼓擂。

本在埋頭吃飯的少女動作停住，遲疑地答：「是還不錯。」

「喲，我女兒頭一回誇人！」謝疏哈哈笑：「裴風南還說了，另外兩位公子也隨妳挑——倘若讓裴渡與妳訂婚，妳是願或不願？」

不只是記憶裡的小姑娘，就連另一側的謝鏡辭本人，也感到心在砰砰狂跳。

她一顆心提到了喉嚨，眼看著坐在桌前的少女擺弄筷子一番，漫不經心地應答：「還……還成吧，應該。」

謝疏那句話擺明了是在開玩笑，沒想過能得到答覆。

她話音方落，一旁的爹娘皆是眉頭一挑，露出了然之色。

謝鏡辭的雙眼逐漸失去光澤。

當初的她還以為自己情緒內斂、做事滴水不漏，但謝疏和雲朝顏何其聰明，「還行吧」這三個字落在他們耳朵裡，無異於搖旗吶喊：「對對對就是他！我早就想把他拐回家了！」

「那我改日同他說，」謝疏努力憋笑，「辭辭，妳別反悔。」

小姑娘板著臉，還是不甚在意地低頭。

後來便是回房，鎖門，坐上床。

空氣裡是一瞬短暫的靜默。

謝鏡辭看見她手一握，緊緊攥住床單。

破案了。

她一直以為自己與裴渡的訂婚是場烏龍，結果卻是謝鏡辭本人的早有預謀、強取豪奪。

坐在床上的少女終於沒忍住笑，上下撲騰了好一會兒，整個人翻到床上，用被子裹成一條蟲。

一條扭來扭去的蟲，臉上帶著春光滿面的笑，實在忍不住，便從喉嚨裡發出幾聲呼呼的氣音。

謝鏡辭的臉熱到快要爆炸。

這也太丟人了。

記憶裡的她翻滾好一會兒，似是想到什麼，騰地坐起身，翻開桌前的日記。

『心想事成！夢想成真！未婚夫！激動！哦呼！』

她寫到一半，沒忍住激動，又把腦袋埋進手裡撞了撞。

這個動作倏地一停，少女重新抬頭。

『……他要是不答應怎麼辦？』

『管他呢！那我就再努把力！激動！哦呼！』

真是強取豪奪啊。

謝鏡辭當真是沒眼看，強壓下識海裡沸騰的滾燙泡泡，一把捂住裴渡眼睛：「……別看了。」

有的人活著，她卻已經死了。

記憶到了這裡，便到了盡頭。

四散的金光悄然散去，化作一顆圓潤光團，落在謝鏡辭掌心。再睜開眼，兩人又回到了琅琊的密林。

謝鏡辭沒鬆手，能感受到裴渡臉上滾燙的熱度。

他的身子隱隱發顫。

她沒想好接下來的說辭，心亂如麻。怔忪之際，手腕忽然覆了層柔軟的觸感。

裴渡握住她的手，輕輕往下壓。

他力道很輕，落在謝鏡辭身上，卻激起一片顫慄酥麻。她抬眼正要出聲，卻見到一雙通紅的眼瞳。

裴渡定定看著她，鳳眼是綿軟的、微微上挑的弧度，瞳仁漆黑，此刻映著水色，蕩開桃花般的淺紅。

他喉頭微動，嗓音發啞：「謝小姐。」

這聲音近乎呢喃，尾音下壓，撩得她心一沉。

手腕被繼續下壓，少年欺身向前。

他又低低道了一遍：「……謝小姐。」

這聲音像蠱惑，謝鏡辭只覺得耳朵快要化開。

木香越來越近，裴渡覆上她的唇。

這個動作不似親吻，更像是淺啄，幾乎沒有任何力道，自她唇珠向下，來到微抿的嘴角，緊繃的下巴，以及白皙纖細的側頸，像是最虔誠的信徒。

他一點點抱緊她，指尖輕顫，勾勒出她脊背的輪廓，彷彿為了確認一切並非幻象。

「對不起……我從來都不知道。」

這一切得猝不及防。

在許許多多孑然一身的日與夜裡，裴渡將她看作唯一的信念，一步步往上爬。謝小姐能答應同他訂婚，已是難以想像的喜事，今日所見的一幕幕景象，如同團團簇簇爆開的蜜糖。

他被衝撞得不知所措，只覺眼眶酸澀發燙。

這從來都不是一個人的奔赴。

當他竭力靠近謝小姐的時候，她也在不為人知的地方，默默然注視著他。在以往，裴渡甚至不敢做出這樣的假想。

心緒如潮之後，便是情難自禁。

「謝小姐。」喑啞的少年音纏綣在頸窩，裴渡下巴蹭在她肩頭，帶來微弱的癢，以及一滴滾燙的水珠：「……我像在做夢。」

散落的神識凝成光團，被謝鏡辭握在手中。

淡金色光暈緩緩溢出，沒有溫度，只透著薄薄一層觸感，讓她不敢用力攥緊。

事實上，謝鏡辭也沒剩多少力氣。

方才在與憶靈的一戰中，她與裴渡都盡了全力。識海裡疼痛時隱時現，然而在劇痛之外，占據了全部感官的，是心緒洶湧如潮。

被迫親眼見到自己黑歷史，這種事已經足夠讓人面紅耳赤。

而比這件事更加羞恥的，是她身邊還站著黑歷史裡的另一名當事人。

她以後再也沒辦法對著裴渡耀武揚威了。

每當他見到她，一定會想起那小豬拱食的模樣。

謝鏡辭渾身如同被火燒，羞赧之餘，卻也感到無與倫比的慶幸與歡欣。

當初在歸元仙府見到裴渡的回憶，她看著男孩跪在那座無人問津的破敗廟宇失聲痛哭，卻只能乾巴巴立在原地，連抱抱他都做不到。

那時的謝鏡辭除了心疼，更多是難以言說的懊惱與自責。

原來有人那樣在意著她，她卻只把裴渡當作可有可無的陌生人，搜索腦海中的所有記憶，都找不出他的影子。

如果早一點發現就好了。

他付出太多太多，她卻連朝著裴渡笑一笑都做不到。在裴家那十年，孤獨的少年沒有朋友，沒有自由，連為人的尊嚴也被剝奪，唯有滿腔溫柔與奢望。

直到被偷走的記憶徐徐展開，她才終於知曉，裴渡並非一個人在努力。

在無數個孤獨日夜裡，都有一道影子悄悄陪在他身側。他不是沒有人在意的怪小孩，被他放在心上的姑娘，也把他視為無可取代的、重要的人。

他一直在被靜悄悄地喜歡著，所有付出都沒有白費。

真是太好了。

這個念頭帶來的歡愉太過濃烈，竟讓她一時忘記羞赧，小心翼翼抬起手，摸了摸少年綿軟的後腦勺。

毛茸茸的，像是乖順的小動物。

落在頸間的水滴帶著滾燙溫度，被吐息一吹，溢開異樣的涼。

謝鏡辭動作笨拙，右手前移，把裴渡的臉稍微抬起。

他的呼吸亂成一團，倉促地眨了眨眼。

鋪天蓋地的黑霧散去，林中恢復靜謐。

陽光透過樹葉縫隙落下來，讓任何微小的表情都無所遁形。在斑駁日影裡，少年冷白的面龐精緻如玉，縷縷緋色好似霞光，蔓延到眼尾，兀地變濃。

裴渡向來是清冷寡言、不染塵埃的。

如今紅著眼落了淚，讓她無端想起萬物春來復甦，桃花蕩起一汪春江水，不偏不倚，恰好落在謝鏡辭眼中。

他似是覺得不好意思，低頭垂著眼睫，試圖忍下眼中泛起的紅，殊不知這樣的動作欲蓋彌彰，反而讓自己顯得更倉惶無措。

裴渡竭力抑制心裡狂湧的衝動。

自他在謝小姐的記憶裡見到自己的影子，就忍不住想要靠近她。

越到後來，這種羞於啟齒的欲望越來越濃。除了靠近，他還渴求擁抱與觸碰，心中喜愛太滿，不受控制地往外溢出。

先是歸元仙府裡的那個親吻，再來是此刻逐一呈現的景象，謝小姐總能給予他意料之外的蜜糖，少年形單影隻多年，哪曾被這樣對待過。

這世上……怎會有如她一般的人。

他畢竟是個心性頗高的劍修，不願讓心上人見到自己掉眼淚的狼狽模樣，喉結微動，剛要別開臉，卻感受到一抹微風。

謝鏡辭仰頭，指尖拂過他的眼尾，四目相對。

裴渡屏住呼吸。

他仍是有些懵，內心躁動不安，但在這樣的情境下，總不能讓女孩子打破沉默。

只可惜一句話尚未出口，便聽見林中窸窣響聲。

謝鏡辭也察覺到不遠處的異動，順勢轉頭。

以東海目前混亂不堪的現狀，很少有外來修士闖入，此番進入琅琊祕境的，理應只有他們一行人。她本以為會見到孟小汀、莫霄陽或是顧明昭，沒想到目光一落，居然見到一抹意想不到的影子。

那是個女人。

五官精緻的女修身著一襲青衣，在濃郁的翠色裡，幾乎與枝葉融為一體。

然而她周身的氣息卻是銳不可擋，讓人無法忽視。屬於上境大能的威壓層層鋪開，所過之處風聲乍起，葉子被壓得蔫蔫低頭，如同接住千鈞巨石，沉甸甸往下墜。

謝鏡辭氣息頓斂，握刀做出防守之態。

這竟是白婉。

因為陷害裴渡，白婉最疼愛的親兒子名聲盡毀、再無踏入仙途的可能，在公審之日，更是被圍觀群眾輪番諷刺一番。

她本就不是什麼善男信女，自幼養尊處優長大，未曾有過如此羞恥的經歷。根據白婉當初在鬼塚的所作所為，謝鏡辭猜出這女人會設法報復。

但她萬萬不會料到，對方竟會跟著他們進入琅琊祕境。

「裴公子，謝小姐，好久不見。」

女人揚唇笑笑，眼底卻是冷若冰霜，開口的瞬間，威壓驟然爆開。

能被裴風南看上的女人，必然不是一無是處的花瓶。

白婉身為天賦尚佳的符修，經過多年苦練，修為已達化神五重。

就算謝鏡辭與裴渡仍在全盛狀態，想合力擊敗她，恐怕也要費上不少功夫，更不用說此刻的二人傷痕累累，靈力更是一絲不剩。

「我記得進入祕境的，不只你們兩個。」女人嗓音幽冷，忽地輕笑一聲：「不過也好，沒有旁人看見……誰知道二位究竟是何種死因？」

連老天都在幫她。

這個念頭在腦海中一閃而過，白婉眼底笑意更深。從裴渡被救回謝府起，她等待這一刻太久，萬事俱備，只差天時地利人和。

憑什麼她的小鈺蒙受牢獄之災，這兩個害了他的罪魁禍首，卻能如此逍遙。

她不甘，不願，更不服。

裴鈺被押送進仙盟監牢後，裴風南便成了頭又悶又凶的牛，一天到晚不著家，即便回了裴府，也不願同她說上一句話。

這恰好給她提供了機會。

琅琊祕境偏僻無人，其中又藏著神祕莫測的魔物，據說殺人不眨眼，曾經險些將謝鏡辭置於死地。

她能在琅琊出一次事，也就理所當然能遇上第二回。正好謝鏡辭打算來此探祕，倘若在這裡下手，定然無人能知曉真相。

等裴風南再度離家，白婉以身體不適、心魔作亂為由鎖了房間，不讓外人打擾。房門緊閉時，便是計畫開始的時候。

先是以傀儡代替自己，離開臥房與府邸，然後來到凌水村，跟在眾人身後進入琅琊祕境。等一切準備就緒，再透過靈力波動，找出謝鏡辭等人的行蹤。

如此這般，就能迎來一場毫不留情的屠殺。

事實證明，白婉的運氣一向不錯。

當她獨自走在山間，林中本是清幽寂靜，卻突然湧出爆裂的劍氣，震懾四野。她隱隱猜出劍氣主人的身分，循著氣息趕來，果然見到裴渡。

他與謝鏡辭都受了不輕的傷，渾身上下盡是血跡，看樣子靈力全無，連握劍都極為吃力。

再往另一側望去，只見一團漆黑的龐然大物癱倒在地，動也不動，想必不久前發生過一場死鬥，雙方皆是損失慘重。

俗話說，螳螂捕蟬，黃雀在後。

今日，她便是那一隻黃雀。

謝鏡辭勉強提了口氣，心知不妙：「妳想做什麼？」

「我想做什麼，謝小姐難道還不清楚？」她像是聽見了什麼笑話，肆無忌憚地大笑，隨即目光一冷，語氣陰戾：「二位對我們母子的所作所為，我要讓你們百倍奉還！」

話音方落，一道雷光驟然降下。

與話本裡的反派不同，白婉復仇心切，一句廢話也沒多說，攻勢來得毫無預兆。不過轉瞬，散開的紫電就重新聚攏，凝成數把浮在半空的銳利長劍，對準二人。

「如果裴公子願意給我磕三個響頭，或許我心情一好——」她眉目之間殺氣漸深，嘴角是猙然的笑：「能讓你們死得不那麼難受。」

她曾經千萬次夢見這一刻。

少年天才又如何，那麼年輕，修為定是被她死死壓上一頭。什麼陰謀詭計、百轉千迴，如今這樣才是修真界應有的方式——看不慣便殺，強者為尊。

等一切塵埃落定，她仍是高高在上的裴家主母，那個倒楣的怪物會背負全部罪名，畢竟以它的實力，完全有理由置他們於死地。

謝家小姐為找尋丟失的神識，與祕境中潛伏的怪物同歸於盡，她想好的劇本，一氣呵成，絕無漏洞。

他們兩人無疑被逼上了絕路。

在五行術法中，雷符威力最強、殺傷力也最大。數把雷劍一出，哪怕隔著一段距離，謝鏡辭也能清晰感受到它們散發的強烈威懾力，如浪潮般席捲渾身筋脈。

白婉殺心極重，這一擊不會留情。

不過須臾，巨劍便同時震身，呼嘯而下，竟匯出雷霆萬鈞之勢，有如金戈鐵馬、氣貫長虹！

謝鏡辭本欲抬手去擋。

但她的動作被扼殺於伊始，剛握緊刀柄，手就被用力一按。

——裴渡提劍上前，順勢將她護在身後。體內所剩不多的靈力上湧，凝作一束清凌如雪色的暗光，竭力擋下雷劍。

系統快瘋了：『這女人有病吧！到底是從哪兒冒出來的？這這這、現在應該如何是好，等等，謝鏡辭她——』

它的語氣從惱怒一轉，變作倉促驚惶，只說到一半就閉了嘴。

裴渡咽下喉間鮮血，往身後一望。

謝小姐的臉不知何時血色盡褪，似是感受到難以忍耐的劇痛，眉頭緊緊擰起，微微弓身。

她強忍著沒發出聲音，倒是系統吸了口冷氣：『不會吧，莫非是那團魔氣……』

它所料不錯。

在裴渡拔劍迎敵的剎那，謝鏡辭識海中，再度傳來撕心裂肺的疼痛。

這種痛楚不似神識被撕裂，而是彷彿拳頭一下又一下撞擊識海。悶然的劇痛堪比萬箭穿心，迅速傳遍渾身上下。

伴隨著劇痛傳來的，還有一道氣急敗壞的聲音：「讓我出去，讓我出去！」

正是那道來自另一個世界的魔氣。

自從謝鏡辭表明態度，它便一直沉默不語，如今看來，顯然已經放棄了求取她的信任，轉而選擇另一個法子——

拼個魚死網破。

此刻裴渡靈力見底，識海又受到重創，若它想要趁虛而入、占據那具身體，如今是最合適的時候。

同樣的，謝鏡辭亦是身受重傷，沒有抵抗它的能力。只要能衝破她的識海，屆時裴渡身死，它順勢繼承身體，一切順理成章。

至於謝鏡辭，一旦識海被毀，必然也活不了多久。它的祕密會被帶進墳墓裡頭，沒有任何人知道。

既然她不願接受它，視它為洪水猛獸，那它也不必在乎這女人的死活。

她說得沒錯，打從一開始，它和裴渡就截然不同。

無論如何，只要熬過今日，它就能擁有一副全新的身體，尚未入魔、天賦異稟，不用再提心吊膽地過日子，總有一天，能成為萬眾矚目的正道魁首。

至於謝鏡辭與裴渡，註定死路一條。

前有狼後有虎，他們生機全無。

裴渡握劍的手微微顫抖。

他虛弱至極，能堅持這麼久，已是竭盡全力。

雷鳴狂嘯。

少年凝出的屏障碎開裂痕，很快迅速蔓延，越來越密、越來越多。頃刻之間，只聽轟然一聲巨響——

然而這並非屏障碎裂的響聲。

猝不及防火光乍現，匯作氣吞霄漢的巍巍長龍，竟與雷劍猝然相撞，爆開電火交織的颶風！

白婉瞳孔驟縮，被狂風震得後退數步，等凝神看去，見到另一抹提劍的影子。

高挑健碩，昂然張揚，如同躍動的火光，將樹林撕破氣勢洶洶的裂口。

「乘人之危不好吧，大嬸。」莫霄陽輕嗤，語氣裡隱有怒意：「不如讓我們來陪妳鬥一鬥？」

孟小汀氣喘吁吁一路小跑，擋在謝鏡辭身前，餵她一粒丹藥。

白婉報以冷笑。

這兩人的實力她一清二楚，一個名不見經傳的魔修，一個成天混水摸魚的小姑娘，就算聯手一起上，也不可能是她的對手。

至於跟在他們身後的那個青年——

長了張不會被記住的路人臉，穿著有些簡陋的白衫。她對此人隱約有些印象，是凌水村的凡俗之輩，廢物一個，不值一提。

女修的攻勢並未停下，抬手一揮，又是數道冰箭浮空。

箭矢倏然騰起，朝著前方俯衝，她勢在必得，笑意卻在下一瞬凝固。

由她放出的冰箭聲勢烜赫，卻並未如預想那般大殺四方。一道始料未及的靈力有如雲垂海立，肅肅然席捲半空，巨力似龍騰，朝著箭矢所在的方向重重一拍。

這不可能。

那個她懶得看上一眼的凡人……竟指尖聚力，不過彈指之間，冰刺便盡數化作齏粉，散入料峭寒風。

這已是元嬰頂峰的實力。

白婉眼皮一跳，終於正色看他：「你——你是什麼人？」

「行不更名，坐不改姓。」

當所有散落的記憶回籠，無數微小卻堅定的信仰緩緩凝結，被遺忘的神明終於歸位。

顧明昭揚了揚下巴，眉梢一挑：「我，水風上仙。」

第十章 大千世界

孟小汀事後想想，她、莫霄陽和顧明昭能恰巧趕到林中，還卡著千鈞一髮的時機出手相助，完全屬於巧合。

琅琊和其他祕境一樣，傳送的地方天南地北、從不固定，即便是經驗豐富的探險者，也無法說清自己下次會出現在哪個角落。

她此番進入祕境，被送往一個陰森森的小山洞，四周暗無天日，摸索了好一會兒才找到出口。

自從謝鏡辭在這裡出事，身為好友，孟小汀特地來琅琊搜查過幾次。雖然每回都一無所獲，但她經過三番四次的亂轉，總算能勉強認出點路，不至於站在原地轉圈。

大家約定在最高的雪峰下會合，孟小汀一直沒忘。

她運氣不錯，走出山洞就見到連綿不絕的山峰，皚皚白雪覆在頂上，彷彿伸手就能碰到。

那支穿破天幕的靈箭，是在孟小汀即將抵達終點時出現的。

她與射箭的人隔了半個祕境，只瞥見一抹若有似無的亮光，在那一刻，腦子裡閃過許多念頭。

——距離太遠了。她要是過去，一定要很久很久，說不準到頭來白忙一場，人家事情早就解決了。

——射箭的人不知道是誰，目的也不清楚。也許是發現了奇珍異寶，也許在詢問周圍有沒有夥伴，又或許，是為了求救。

——可琅琊祕境裡全是沒什麼能耐的小妖怪，以他們一行人的修為，怎麼會遇上危險？不對……好像還有個差點奪走辭辭性命的神祕怪物。

她在短短一瞬做出了無數種假設，其中最倒楣的一種，是謝鏡辭與怪物重逢，不得不與它正面相抗、拼死相搏。

這個可能性雖然微乎其微，但還是讓孟小汀立刻轉了身，朝靈箭射出的方向迅速趕去。

那時她萬萬沒想到，在盡頭等待自己的，居然還真是這種「以死相搏」的場面。

她先遇上顧明昭。

水風上仙的名號聽著威風，卻被幾隻小妖怪追著打，瞥見孟小汀的身影，青年如同見到救世主，一個勁朝她撲。

他也是因為見到那支箭，想著能不能去幫忙。

越靠近箭矢射出的地方，就越能感受到有靈力層層爆開，雜亂無章。

這是戰鬥的跡象，而且交戰雙方修為不低。

他們兩人一個靈力全無，一個習慣混水摸魚，搭配起來堪稱老弱病殘樣樣俱全，臨近樹林入口，遇到一群妖物。

孟小汀實力有限，一個人應付不過來。眼看一隻狼妖格外凶狠，撲向顧明昭，她想要制止，卻已來不及。

匪夷所思的事情，就是從那一刻開始的。

顧明昭神色慌亂，下意識伸手去擋。這是再正常不過的反射動作，然而在他伸手的瞬間，竟平白無故生出了掌風——

伴隨著一聲悶響，掌風如雷，一擊就把妖魔邪祟拍上半空！

這叫什麼，用最慫的姿勢，做最凶的人。

孟小汀驚了。

顧明昭同樣沒反應過來，盯著自己手掌瞧了半晌：「我……恢復了？」

這是……憶靈被打敗了？莫非是謝小姐或裴公子所為？

他還沒從狂喜中回過神，身側便飛來一隻鼻青臉腫的邪祟，狼狽地撲騰幾下，像是遇上天敵般匆匆逃開。

不遠處的斑駁樹影裡，莫霄陽扛著劍，咧嘴笑：「好巧，居然能在這裡遇上！你們也是因為那支靈箭來的？」

因為一個用意不明、使用者不明的疑似求救信號，所有人都聚在此地，因在千百種不同的可能性裡，存在著千百分之一的危機。

也萬幸，他們都聚在此地。

聽見顧明昭嘴裡出來那句「行不更名坐不改姓」，謝鏡辭即便頭痛欲裂，也還是不由發出一聲哼笑。

這位上仙在凡人界生活了數百年，不只名姓，連相貌身分都換了不知道多少。如今一本正經講出這句話，實在有幾分自己打臉的味道。

不過……勉強能稱得上帥氣吧。

「辭辭，妳哪裡受了傷？」孟小汀見她面無血色捂著腦袋，服下的丹丸沒起到半點作用，心急如焚：「莫非是識海——」

她說完忽然一怔。

謝鏡辭身為正道刀修，絕無可能與魔氣扯上關係，此時疾風大作，竟從她身上吹起一團黑煙。

黑煙愈來愈重，自她皮膚源源不斷地往外溢，好似即將掙脫囚籠的野獸，暴戾得近乎發狂。

孟小汀一眼便認出，那是魔氣。

裴渡來不及接下遞來的藥，強撐起最後一絲神智抬頭，雙眼幽深如淵，遍布猩紅血色。

系統在識海裡啞了聲，透過它不久前的隻言片語，他能猜出是魔氣作祟。

這本應由他來承受，與謝小姐無關。

『你如今虛弱至極，是奪舍的最佳時機，它一定沒有耐心繼續等了。』系統的語氣從未如此緊張過，苦惱地嘖了一聲：『這傢伙真是亂來，倘若放任它這樣下去——』

它說到一半就閉了嘴。

修真者被強行衝破識海，輕則喪失神智，重則當場暴斃，它與裴渡都心知肚明。有些事藏在心裡明白就好，一旦當面點明，無異於誅心。

氣氛安靜了一瞬。

白婉已和莫、顧二人展開纏鬥，冰箭碎裂、靈氣溢開，場面混亂不堪，裴渡的嗓音卻清晰可辨：「停下。」

他在與憶靈的決戰裡身受重創，方才又護在謝鏡辭身前，擋下白婉的一擊。

倘若要做出比喻，大概是璞玉被外力擊破，裂出道道長痕，在最脆弱不堪的時候，又被鐵錘用力一砸，澈底碎開。

以他此時的狀態，能保持意識已是不可思議。

「只要你不再傷她，」裴渡又咳出一口血，毫不在意地抬手抹去，嗓音啞得駭人，「等蝶雙飛解藥出來，我便將這具身體拱手相讓。」

事情的發展完全超出想像，在一旁照料的孟小汀一個字也聽不懂，茫然地眨眨眼睛。

謝鏡辭咬牙，硬生生挺過一波劇痛，竭力出聲：「裴渡！」

已經有幾縷魔氣掙脫束縛，浮在半空。

相隔許久，裴渡終於再度聽見那道熟悉的聲音，一如既往地喑啞難辨：「你說給我就給我？倘若這只是權宜之計，後來你中途反悔，我豈不是虧大了？」

魔氣不傻，不相信他的一面之辭。

更何況謝鏡辭知道它所有祕密，它想在接下來的日子裡，以「裴渡」的身分堂堂正正活下去，絕不會允許她活著。

先殺謝鏡辭，再奪舍附身於裴渡，這個計畫一石二鳥，於它最有利。

濃郁黑氣並未理會他的言語，似是為了耀武揚威，又在謝鏡辭識海中猛地一撞。

撕裂感蔓延，她努力不發出聲音，在劇痛之下咬破嘴唇，嘗到鐵鏽味。

裴渡殺氣暴漲，沉聲開口之際，喉音裡是帶著慍怒的冷：「這具身體如若四分五裂地死去，閣下的計畫便會泡湯吧？」

謝鏡辭兀地睜大眼睛。

不只她，氣勢凌人的魔氣亦是愣住。

若想奪舍，最重要的便是一具完美契合神識、完完整整的軀體。

它自異界而來，本身就與這個世界格格不入，唯一能奪舍的人，只有裴渡。

一旦裴渡的身體出現紕漏，黑氣註定淪為無主的遊魂。

謝小姐的眉頭舒展了一些。

裴渡看出黑氣猶豫，眸色漸暗，步步緊逼：「閣下若再作亂，我便以萬劍訣自戕；倘若能安分等到蠱毒解除，在下必將履行諾言。」
這句話若是出自別人口中，魔氣定是不信。
但它清清楚楚地知道，裴渡所言句句屬實。
它見過少年全部的記憶。他看上去循規蹈矩，其實骨子裡是個固執的瘋子，為了謝鏡辭，什麼事都能幹出來。
更何況裴渡一向不惜命。
「……口說無憑。」魔氣笑了笑，尾音陰冷至極：「不如你先自毀神識，勉強吊一口氣。這樣一來，我到時候能順利進入體內，你也沒有反悔的餘地。如何？」
自毀神識，無異於自戕。
顧明昭與莫霄陽仍在同白婉相鬥，元嬰與化神的修為碰撞、搖山振嶽。
在震耳欲聾的嘈雜聲響中，少年薄唇輕啟：「沒問——」
裴渡沒把話說完。
兩個字堪堪出口，便有另一道聲音驟然響起，毫不留情地打斷：『沒問題個錘子！不過是個偷渡客，還真當自己有多了不起，倡狂至此，把天道當成擺設嗎？』
他一愣，心臟用力跳了跳。
『我說過，這道魔氣我們來處理。』系統的語氣裡隱有不悅，似是動了怒：『未經允許擅自進行位面穿梭，是天道絕對禁止的。之所以還讓它留在這裡，是因為近日時空混亂，倘若強行打開通道，很可能引起更強烈的動盪。按照我們原本的計畫，是等風波漸漸平息，再解決這團魔氣。』

它說著一頓，冷笑道：『出事了算我的，這玩意今天必須滾回老家。』

滿林肅殺，那邊的魔氣還在說：「你同意了對吧？也別怪我過分，我只是想得到一具身體，人各有志嘛，總要為自己謀出路。」

它說得興奮，沒料到話音方落，居然聽見一道古怪又陌生的嗓音：『呵。』

不屑冷嗤。

耳邊的聲音太多，很快將它吞沒。魔氣停了一瞬，並未多加在意，自顧自繼續說：「裴公子，自毀神識，你打算從哪裡開始？」

回應它的，是一聲更加清晰冷冽的『呵呵』。

這回它終於意識到有些不對勁了。

不留絲毫緩衝的空間，那道古怪嗓音繼續道：『在這個世界玩得開心嗎？』

如果魔氣擁有軀體，此刻一定會感到脊背發涼。

耳邊的聲音並非來自在場任何一個人，而是從它身體裡溢出來，如影隨形。

更何況……它還說了「這個世界」。

謝鏡辭同樣聽見系統的聲音，驚訝地抬眸。聽見它嘲弄般的冷笑：『玩夠就該滾回去了。』

識海裡的魔氣明顯顫了一下。

它猜出聲音主人的身分，那兩個字徘徊在心中，有如千斤重壓，讓它連說話都不自覺降低語氣：「你……天道？」

不遠處的白婉凝神聚力，五行咒法逐一爆開。莫霄陽拔劍去擋，劍尖斬斷片片寒芒。

裴渡用劍撐地，勉強支撐起身體：「前輩，可它如今被困於謝小姐識海中——」

系統回以輕哼：『聽見它方才叫我什麼了嗎？』

它是天道的意志。

既是天道，自然無需遵循諸多法則。

因為它就是法則本身，百無禁忌，所向披靡。

「等、等等！」魔氣四處亂竄，倉惶不已：「不要送我回去！我不想跟著那傢伙一起死！」

剎那間，氣氛驟凝。

莫霄陽等人的戰鬥仍未告終，氣焰滔天。在謝鏡辭身處的方寸土地，卻突然陷入了古怪的靜默。

黏稠的空氣彷彿有了重量，不斷翻湧迴旋，一時間呼吸困難，聽不見聲音。

這處通道由系統開出，沒有氣勢磅礡的勢頭。但見兩側氣息暗湧，視野之中出現微妙的扭曲，很快加劇加深，化作一團混濁漩渦。

而在謝鏡辭識海之中，陡然闖入一道不由分說的力量，長驅直入，將魔氣一把拉出體外。

它所做的一切一氣呵成，作風雷厲風行、毫不拖泥帶水。看上去十足威風，唯有謝鏡辭明白，系統背負著何等壓力。

它對她說過，在千千萬萬個小世界裡，身為系統，它們只能旁觀，不可插手。

如今的所作所為顯然違背了這個原則，更不用說它違背天道旨意，提前打開位面通道，等一切塵埃落定，不知會受到怎樣的懲罰。

她心中百感交集，話語臨近嘴邊，終究只低低道了聲：「多謝。」

『我只是看不慣它，不是特地幫妳。』系統冷哼：『……畢竟我們也當了那麼久同僚，都這種時候了，我總得有點作用。』

它只當一切落幕，接下來只需祈禱顧明昭等人能戰勝白婉，沒想到謝鏡辭沉默須臾，又沉聲開口：「這個漩渦就是位面穿梭的通道？」

系統沒想太多，用開玩笑的語氣：『問這個做什麼？妳莫不成還想過去？』

謝鏡辭沒有出聲。

它頓時一震：『不會吧，妳真想過去？妳你妳——妳是為了那個世界的裴渡？』

『妳可能不知道，這個通道是我強行打開的，不保證時效，也不穩定。』它斟酌一番，加重語氣：『而且妳應該清楚吧？平行世界的裴渡早就入了魔，與妳熟識的完全不同。那個世界的謝鏡辭沒能醒來，他一旦見到妳，不知道會做出什麼事情——如今位面混亂，倘若被他困在那裡，可能一輩子都回不來。』

謝鏡辭只是搖頭：「不會的。」

她知道兩個世界不能混為一談，可即便入了魔，在位面裂縫出現的時候，裴渡還是會選擇不打攪，獨自等待死亡。

無論有過怎樣的經歷，他本質都是裴渡。不管在哪個世界，謝鏡辭都心甘情願給予他全部的信任。

『真搞不懂妳怎麼想的……我努力撐一撐，妳速戰速決。』系統嘆了口氣：『確定要去？』

「嗯。」謝鏡辭拭去嘴角血跡，再睜眼時，雙目澄澈清明：「我有非做不可的事情。」

正如系統所說，無論對誰而言，私自穿梭位面都是大忌，那團魔氣是，謝鏡辭亦是。它造出的通道不受天道庇佑，隨時可能崩塌。一旦出了岔子，謝鏡辭不僅會永久滯留於另一個時空，還極有可能遭受來自天道的嚴懲，萬劫不復。

這是場九死一生的賭博，可她必須去做。

「謝小姐。」裴渡雖不清楚來龍去脈，卻也心知此行危急，沉聲道：「我隨妳一併前往。」

系統趕忙接話：『別別別，我這通道是一朵嬌花，經不起這麼多人摧殘。』

謝鏡辭一人進去，便可能引出不小的位面波動，若是把人數增加到兩個，恐怕還沒來得及回來，通道就會先行崩塌。

它口中念念有詞，上上下下掃視少年一通：『而且以你如今這副模樣，沒直接昏倒已是萬幸，去了那邊能有什麼用？』

以它的認知來看，早在對上白婉那一擊的時候，這小子就該承受不住劇痛，兩眼一閉了。

魔氣有一點沒想錯，從某種方面來說，裴渡的確有點瘋。

「雖然不清楚究竟發生了什麼事，但妳儘管放心去吧！」孟小汀對魔氣與系統一無所知，瞧出事態緊急，並未多加詢問，拍了拍謝鏡辭肩頭：「我們會把白婉打趴的。」

即便不知曉前因後果，孟小汀仍會選擇無條件相信她——因為她們是最好的朋友。

「多謝。」謝鏡辭輕輕吸了口氣，對上裴渡被血色占據的雙眼：「等回來以後，我會把一切告訴你們。」

少年深深望著她，瞳色漆黑如墨。俄頃長睫一動，眼底寒意散開，化作一抹微不可查的笑。

「嗯。」裴渡說：「我等妳回來。」

時間刻不容緩，謝鏡辭進入漩渦，不見身形。

她那邊是未知的暗潮湧動，此時的琅琊祕境裡，同樣殺機四伏。

白婉的實力遠遠超出眾人想像。

她修為已至化神，與金丹、元嬰隔著巨大的天塹。之前的冰箭之所以能被顧明昭一舉摧毀，是因太過輕敵，只用了六成力量。

身為裴家的主母，她養尊處優，活在無數人的敬仰之下，如今被小輩破了招式，只覺怒從心起，誓要將眼前一行人趕盡殺絕。

尤其是孟小汀。

若不是她動用留影石，記下歸元仙府裡的景象，小鈺也不會落得如此下場，求生不得求死不能。

裴鈺所受之苦，她定要他們千百倍地還回來。

化神期修士的靈力層層鋪開，林中樹葉激蕩不休，掀起綠浪滔天。

顧明昭雖然得以恢復曾經的修為，但幾乎把法訣忘了個一乾二淨，情急之下，只能操控靈力上湧，匯作一堵堅實的風牆。

莫霄陽拔劍擋下雷鳴電掣，說話已有些吃力：「這女人有完沒完，她都不會覺得累嗎？」

他們鬥了不知道多久，靈力已慢慢見底。

然而白婉面色不變，目光裡是寒意刺骨，攻勢不停。

這是元嬰與化神的差距。

倘若細細對比，會發現無論戰鬥技巧、經驗或武器，二人都遠遠不及她強。至於在靈力的儲備量上，更是如同涓涓小溪遇上浩瀚江河，天差地別。

再這樣一味防守下去，等氣力被耗空，他們兩人定然不敵。

莫霄陽在鬼域打過不少架，很快做出決定：「我左你右，圍住她。」

他甫一說完，便見一道烈焰呼嘯。

火光大盛，織就一片綿延的紅，為首的部分略微揚起，竟有幾分蛟龍抬尾的勢頭，鋪天蓋地向他猛撲。

顧明昭試圖出手相助，卻是自顧不暇——

空中再度凝出數把冰箭，比起之前所見，平添一股暴戾殺氣。

再眨眼，便是數箭齊發！

雲湧風飛，掀雷決電。

壓懾勢不可擋，讓空氣也為之凝固。顧明昭凝神咬牙，於掌心聚集靈力，白光延展如蝶翼，向兩側蕩開，匯作一面瑩白屏障。

兩股對立的力量相撞，迸發出令人睜不開眼睛的刺目疾光，下一瞬，兩道影子便猝然前襲，直攻白婉面門！

林間靈力奔湧如天河倒灌，錚然劍光、暴戾符意與道道術法隱現不休，戰至正酣，只能瞥見三道交錯殘影，可令驕陽失輝。

孟小汀只有金丹修為，倘若冒然插手，只會給莫霄陽二人平添麻煩。

她是個聰明人，準備了必要的丹丸和符咒，靜靜候在一旁等待時機，沒想到出手的機會沒來，反倒是身後窸窸窣窣，響起極為古怪的響音。

與戰鬥時轟轟烈烈的聲音不同，這次的動靜隱祕又微弱，伴隨著宛如嗚咽的低吟。

她循聲望去，居然見到本該躺在角落裡、聲息全無的憶靈。

它硬生生被裴渡剖開，卻並未立即死去。

由於肚子裡的神識盡數逃散，憶靈身上的張張人面不見蹤影，被剖開的地方尚未癒合，像極漆黑一片、微微張開的裂谷，詭異至極，平白惹人心悸。

它的身體顫抖不已，孟小汀感受到無比強烈的怒意，以及衝著她和裴渡而來的狠戾殺氣。

糟糕了。

她一個頭兩個大，白婉還沒解決，怎麼又來了這玩意兒。

裴渡在很久以前就已支撐不住，直到謝鏡辭安全離開，才終於闔眼陷入昏迷。

如今的憶靈氣急敗壞、來勢洶洶，唯一能夠迎敵的，只有她一個。

這這這、這合理嗎？

她要是真和那玩意交手，估計不到十招，就會被暴怒的怪物撕成碎片。

看憶靈的架勢，似乎是想把裴渡生吞活剝。

孟小汀硬著頭皮上前一步，擋在他身前。

進退無門。

她對上憶靈，大概會以慘敗告終，而莫霄陽與顧明昭同樣陷入苦戰，等他們靈力耗盡，就是死在白婉手中的時候。

這兩尊大佛一個比一個不好惹，他們這次究竟是走了怎樣的霉運，才不得不面臨這種——

……等等。

電光石火之間，孟小汀眼神一晃。

她、莫霄陽與顧明昭關係匪淺，然而白婉和憶靈……應該並不認識吧？

不遠處的纏鬥仍在繼續。

白婉殺氣不減，五行術法出神入化，凡是指尖所指之處，盡是無窮殺機；反觀身側兩人，已有了明顯的疲態，攻勢漸漸放緩，身法亦不如最初的行雲流水，顯出幾分倉促與吃力。

他們今日，該不會全都折在這了吧。

莫霄陽很認真地想，謝小姐曾說過，不管能不能找回丟失的記憶，等離開琅琊祕境，都會領著他們去天下第一樓飽餐一頓。可憐他一口菜也沒嘗，就要栽在這個地方。

他胡思亂想，覺得死到臨頭，腦子裡最後的念頭不該是胡吃海喝，否則實在沒出息。

正在想著，突然察覺神識一動，在翻湧的識海裡，傳來熟悉的女音：「快快快閃開！」

……孟小汀？

莫霄陽自對決裡分神，不動聲色向後一瞟，在看清身側景象後，瞬間抽了口冷氣。

孟小汀在狂奔。

孟小汀身後漆黑的怪物,也在狂奔。

她不知用了什麼方法,把憶靈惹得氣急敗壞,惱羞成怒追在身後,像一團張牙舞爪的爛泥。

顧明昭顯然也聽見她的傳音入密,動作一滯。

越來越近了。

白婉的五感何其敏銳,察覺有妖邪逐漸靠近。在她轉身的剎那,孟小汀深吸一口氣,向身側一竄,嗓門震天高:「撐住!救兵來了——!」

這個向身側閃躲的動作,是她蓄謀已久。

而對於憶靈來說,卻是始料未及。

修真界沒有牛頓,好在慣性的光輝永存。

向前俯衝的動作無法輕易收回,它眼睜睜看著孟小汀迅速一閃,身體卻只能不受控制地繼續向前。而順著孟小汀帶出的路徑,在盡頭處……立著個滿身殺氣的女人。

白婉不耐地皺眉。

孟小汀的大嗓門實在引人注意,那句「救兵」堪堪落下,當她回眸望去,果然見到一抹俯衝而來的黑影。

黑影行色匆匆、速度極快,顯然是抱著與她魚死網破的念頭。

她不由冷笑。

只不過看見那兩個小輩受了傷，它就氣成這副快要發瘋的模樣，甚至不惜以命相搏，直勾勾撞在她的符咒上？

這種感情可笑且幼稚，向來為她所不喜。不如今日，就先殺了它來祭天。

憶靈很懵，很茫然。

它從頭到尾滿是問號。

它追著一個出言不遜的女孩拼命跑，一不留神與她錯了位，剛打算轉身繼續逮她，身側卻突然有靈力爆開。

這股力量非常強悍，似要將它撕成碎片，憶靈抬頭一看，才發覺是路徑盡頭的那個女人。

她很強。

不愧是那女孩口裡的「救星」。

憤怒至極，怪物的身體發顫。

這群人奪走了它悉心收集多年的寶貝，如今竟恬不知恥，想要趕盡殺絕。它勢單力薄，必然不是他們的對手，想復仇，唯一辦法便是拼個你死我活。

救星又如何——還不是要乖乖敗在它手下！

一瞬風起，葉落之際，兩道對峙的身影同時發力！

世上沒有比這更合理的事。

顧明昭呆若木雞，莫霄陽笑得直抽。

暴怒的怪物狂躁到了頂峰，只想把眼前女人的記憶吞吃乾淨，猝然聚力，匯作一個又一個猙獰漩渦。

殺心到了最重的時候，白婉滿心只求速戰速決，亦是引出浩蕩靈力，直直對上它的進攻。

只可惜，與裴渡相比，她的識海沒有系統掩護。

靈力觸碰到那一個個漩渦，竟無法擊破分毫，反而是她自己被漩渦吸食，識海裡傳來刺痛。

有什麼東西……正從她識海中一點點溜走。

這怪物究竟是怎麼一回事？

是它贏了。

眼看女人的雙眼逐漸失去焦距，雙膝一軟，直直跪倒在地，憶靈忍不住心中狂喜，渾圓的身體顫抖不已。

可惜這份喜悅並未持續太久。

它在裴渡與謝鏡辭手裡受到重傷，方才那一擊，幾乎帶走了它的大半條命，還沒來得及騰空起身，一陣劇痛便從頭頂蔓延，迅速擴散到身體各個角落。

它後知後覺地回頭，見到一張平平無奇的路人臉。

憶靈不認識這張臉，卻記得這道澄澈乾淨的仙力。

早在許多年前，被所有人遺忘的時候，就理應消散無蹤。

「好久不見。」顧明昭咧嘴笑笑：「永別了。」

仙力爆開的瞬間，怪物像是陡然泄了氣的球。

用來填充身體的靈力一絲不剩，只餘下薄薄一層黑紗，飄飄然墜落在地。與它一起落地的，還有好幾顆圓潤光團。

憶靈自知不可能從他們手裡活下來，乾脆破罐子破摔，化作見人就咬的瘋狗，恰巧遇上白婉，吞了她不知道多少記憶。

與它鍾愛的淡金色神識不同，這些光團色澤不一，有淺紅、鵝黃、雪白乃至混濁灰黑，象徵著無聊、驚險、歡愉或壓抑的種種回憶。

莫霄陽拿了其中一顆仔細觀察：「這些是什麼東西？莫非是白婉的神識？」

顧明昭死裡逃生，靠在樹幹上長吁一口氣：「拿著別人的神識，當心被吸入那段記憶裡。」

「我倒是希望，能把這些神識全看個遍。」孟小汀揚唇笑笑，慢條斯理壓低聲音：「你們難道不期待嗎？仔細翻一翻，說不定我們能找到……當初她與裴鈺密謀，設計陷害裴渡的記憶。」

她身上還帶著好多好多留影石，能不能一舉震驚整個修真界，就看這一遭了。

少女指尖稍撚，有些不安地皺起眉頭，朝不遠處一望。

他們這邊塵埃落定，不知道辭辭此刻如何了。

老實說，謝鏡辭此刻的狀態稱不上多好。

她在對決中耗光了體內的靈力，雖有服下丹藥補充，但凡事都得講究循序漸進，想透過丹藥瞬間回到巔峰狀態，無異於癡人說夢。

至於渾身上下深深淺淺的傷口，就更是令人頭疼。

她今日著了綠裙，在淡淡的新芽色澤裡，猩紅血汙顯得格外刺眼。無論謝鏡辭站在哪個角落，都能瞬間引來不少人或同情或震驚的目光。

尤其是，她還置身於一間人來人往的客棧。

這間客棧謝鏡辭曾經來過，隱約存了點印象，只記得建在鬼塚附近，名喚「君來」。

按照她的記憶，君來客棧常年失修、門可羅雀，這會兒放眼望去，卻見到不少人聚集在此，談話聲此起彼伏。

一名健碩青年仰面飲酒下肚，長長呼了口氣：「總算完事了！那傢伙今後不會再出現了吧？」

「他都筋脈大損、被各大長老聯手擊中要害了。」另一人抿了口酒，慢條斯理道：「依我看，像他那種十惡不赦的惡徒，就應當送去仙盟地牢好好受折磨。輕而易舉就死掉，也太便宜那魔頭了。」

「我聽說，本來是打算把裴渡押入地牢的。」一個書生樣的少年修士道：「誰能想到，他居然會從那麼高的懸崖跳下去——下面就是最危險的蝕骨地，這回他算是澈底完蛋，活不了了。」

裴渡。

聽見這個名字，謝鏡辭眼睫一動。

「說來奇怪，我老是有種古怪的感覺，和上回討伐他時相比，裴渡修為反而降低了。」有人撓撓頭：「這次我們贏得如此輕易，實在有些奇怪。不知怎麼，我總覺得他沒用上全力。」

「這有什麼好奇怪的，難道他會心甘情願來送死？」健碩青年又喝了口酒：「俗話說得好啊，驕兵必敗。上回他被正道討伐，以一己之力殺出重圍，打那以後，定是自信得很，以為自己真是天下無敵。」

裴渡才不會那麼覺得。

謝鏡辭在心裡悄悄辯駁，他之所以輕易落敗，應是和天道做了交易。

多虧有客棧裡零零星星得來的情報，她終於拼湊出如今的狀況。

裴渡入魔已深，久居鬼塚，正道曾試圖討伐過他，奈何實力不敵，只能狼狽地打道回府。這是第二次圍剿，他敗得很快，被術法擊中，墜入萬丈深淵。

更準確一些，是整個鬼塚最荒蕪凶險、被邪祟野獸視作巢穴的蝕骨地。

謝鏡辭從沒踏足過蝕骨地。

因而當她在鬼塚兜兜轉轉好一會兒，終於來到這裡時，沒忍住打了個哆嗦。

由於地處深淵之下，四周盡是嶙峋古怪的石壁。石塊層層疊疊、遮天蔽日，陽光沒能滲進一絲一毫，占據感官的除卻黑暗，便是陰冷瘆人的涼。

這是鬼塚常見的景象，荒無人煙，孤寂寒涼，還往往九死一生，尋不到活路。

那麼多年裡……裴渡一直生活在這種地方。

謝鏡辭不自覺皺了眉，靈力凝結，散發出照亮前路的白光。

蝕骨地荒無人煙，寂靜一旦到了極點，便像是千斤巨石死死壓在胸口，讓人連呼吸都不甚順暢。

四下無聲，空氣彷彿停止流動，在空茫的暗潮中，她的步伐陡然停住。

漆黑暮色裡，響起一聲陰冷的笑：「妳發現我了？」

這聲音和裴渡一模一樣，謝鏡辭猜出它的身分，同樣回以漠然的笑：「真巧。」

正是被系統強行送回這個世界的魔氣。

它一心想要占據全新的身體，以嶄新面貌重新開始生活。拜她所賜，不但竹籃打水一場空，還被丟回這個暗無天日的鬼地方，心中不可謂不氣。

「妳來這裡做什麼？」它想不通謝鏡辭的心思，頭一回顯出了好奇與困惑的情緒：「怎麼，心裡生了愧疚，想留在這兒陪他？」

「你又在這裡做什麼？」謝鏡辭不答反問：「不回裴渡識海，莫非打定主意，要當一隻孤魂野鬼？」

轉移話題，多半就是否認的意思。

魔氣發出一聲冷哼，語氣裡譏諷更濃：「不留在這裡陪他，妳來又是為了什麼？一句安慰，一聲道謝？妳覺得有用嗎？」

它說著笑了笑，黑霧朦朧，拂過謝鏡辭側臉：「他和妳世界裡的裴渡，本質不是同一個人嗎？妳喜歡那個裴渡，為什麼不能把喜歡分一些給他？還是說，妳嫌棄他如今的境況，覺得太過落魄？」

「他們不一樣。」謝鏡辭不願同它多費口舌，應得極快：「對人的情感，也沒辦法分給另一個。」

這個世界裡的雖然也是裴渡，但與那個和她同生共死、並肩作戰的少年劍修相比，終究不同。

他們是不同的角色，倘若她對這個世界的裴渡生出什麼不該有的情愫，對於三人中的任何一個而言，都是不負責。

魔氣的笑意不知何時退卻：「所以妳不願陪他？」

它說著一頓，在短暫的沉默後，爆發出肆無忌憚的笑，聲聲撞在耳膜上：「你聽見了吧？裴渡！」

謝鏡辭胸口被猛地一敲，驟然抬頭。

四下仍是昏黑，在遠處僻靜的角落裡，隱隱傳來血液的腥。

她感到前所未有的緊張與心跳加速。

「這女人完全不管你的死活，明明你為她付出了那麼多！」魔氣哈哈大笑，朝他所在的角落迅速靠攏：「你如今尚有餘力，不如趁此機會，讓她永遠留在這裡。」

它生來記仇，沒忘記謝鏡辭對它的所作所為。

要不是她從中作梗，它早就占據了另一個裴渡的身體，以天之驕子的身分活著，而不是回到這暗無天日的深淵，苟延殘喘。

既然她攪亂了它的計畫，它也就不會讓謝鏡辭好過。

這女人口口聲聲說要回去，那它便想方設法將其困在此地，永遠沒辦法離開。

裴渡等了這麼多年，不過是為她。

經歷過墮落、背叛與屠殺，他的心性早就不同於以往，和良善沾不上邊。在這種時刻，心心念念十多年的人突然出現，沒有任何理由會選擇放她離開。

尤其還是有它煽風點火的情況下。

它身側的裴渡沒有出聲。

在濃郁暗潮裡，謝鏡辭努力辨認他的身形。

他站在角落，只露出模模糊糊的一道側影，像是刻意避開她的視線，往後一退。

「你連殺人都那麼得心應手，困住她又有何難。」魔氣盤旋於裴渡身側，語氣漸低：「你愛她，不是嗎？要把她留在身邊，只需用一些手段……該怎樣做，你心知肚明。」

它說到這裡，輕輕一笑：「對了，你還不知道，其實謝鏡辭也傾慕你，在那個世界裡，他們兩人已經互相表明心意——和她在一起的應當是你啊，你只是拿回屬於自己的東西。」

直到這段話出口，暗處的人影猛然一震。

魔氣輕嗤。

它快成功了。

這個世界裡的裴渡殺伐果決，為了活下去，能把劍尖對準任何人。什麼情情愛愛，不過是占有欲的另一種說法，謝鏡辭面對他，就像羊入虎口。

喜歡就要得到，哪有收手的道理。

「她靈力微弱，正是最好下手的時候。」它道：「你若有意，我能——」

這段話到此便戛然而止。

一道白芒掠過，在黑暗中宛如驚龍。魔氣說得不錯，裴渡自是殺伐果決，能把劍尖對準任何人——這「任何」裡，理所當然包括它。

白芒映霜寒，鋒利難擋的劍氣瞬間刺破它。直到死去的瞬間，它仍是滿心震悚與茫然。

饒是謝鏡辭，見到魔氣轟然消散，也不由感到些許驚訝。

然後便是愈發強烈的尷尬。

「那個……謝謝。」她努力斟酌語句，靠近時，嗅到更加濃郁的血腥氣：「你的傷勢很嚴重吧？」

客棧裡的人說他筋脈大多斷開，在這種情況下，倘若強行運行靈力，會引來難以忍受的劇痛。方才斬殺魔氣的那一劍，定然耗去了大部分氣力。

隨著她上前，角落裡的人影又是一退。

而謝鏡辭也終於知道了，裴渡會竭力躲避的原因。

視線所及之處，除了滿目猙獰、塗滿大半石壁的血跡，還有洶湧澎湃、與黑暗融為一體的魔息。

他吞噬了魔獸的力量，才墮身入魔。體內的魔氣並非與生俱來，時常在經脈中劇烈衝撞，帶來摧心般的折磨，就像現在這樣。

極致的黑與紅彼此交錯，令人無端心悸。

少年輕顫著弓身而立，手緊緊按住石壁。謝鏡辭聽見他的喑啞嗓音，快要辨別不出曾經的聲音：「……很嚇人。」

裴渡沉沉吸了口氣，忍下顫慄：「謝小姐，別看。」

在那間名為「君來」的客棧裡，有人向謝鏡辭搭話。

她作為一個相貌出眾的小姑娘，渾身上下卻滿是血汙，乍一出現，自然引來不少關注。

鬼塚本是荒無人煙，今日之所以人聲鼎沸，全因有不少修士前來圍剿裴渡。她頂著這副狼狽的模樣，理所當然會被認為是討伐者之一。

「這位道友是個生面孔。」有人笑道：「不知姑娘是哪個門派的弟子？」

謝鏡辭正聽談話入神，聞言順勢應答：「小門小派，不值一提——諸位皆來參與圍剿，可是曾與裴渡結了仇？」

「哪兒能啊。」向她搭話的青年朗聲笑：「他向來隱於鬼塚，常人想見一面都難。不過就算與裴渡無仇，清剿邪魔也是義不容辭，他作惡這麼多年，總得有人來治一治。」

她默了一瞬：「既然他一直待在鬼塚，又如何能在修真界裡作惡？」

她問得認真，在場眾人聽罷，只覺這是個剛出世不久的大小姐，紛紛義憤填膺地解釋：「妳或許不知道，裴渡此人心性奸惡，早在幾年前，就惡意謀害裴家主母與二公子。後來他被裴風南擊落懸崖，居然奇跡般保住了性命，還機緣巧合墮為邪魔。自那以後，凡是進入鬼塚討伐他的修士，無一例外全都沒能回來。」

「對對對！」另一人補充：「後來修真界各大家族聯手圍剿，只剩謝家一門活了下來，妳說嚇不嚇人？」

果然是這樣。

謝鏡辭眉心一跳：「所以他所殺之人，皆是對他懷著殺心，莫非這樣也能稱之為『作惡』？」

客棧眾人不約而同地一怔。

「話不能這麼說。」有個漢子皺眉道：「死在他手下的人何其之多，無論出於何種緣由，都掩蓋不了那人雙手血汙的事實。」

她覺得自己快被轟出去了。

但謝鏡辭還是一本正經地問：「如若閣下也置身於那般境地，除了拔劍殺人，還能想出什麼法子麼？」

漢子被嗆得啞口無言，面色通紅，半晌才定定道：「他墮身入魔，邪魔就應當斬殺啊！」

他身側的另一名青年道：「姑娘受傷至此，應該見識過那人恣意殺伐的模樣，看見那副樣子，難道還不明白裴渡為什麼該死？」

「我的傷？被魔獸打的。」她低頭看滿身血漬一眼，語氣淡淡：「它一直追著我殺，我不想乾站著等死，就拔刀把它殺掉了。」

客棧裡靜默與尷尬蔓延開。

一切的起始，都源於一個被強加的汙點。

裴家大肆宣揚他串通邪魔、妄圖殺害裴鈺的行徑，讓修真界所有人順理成章地認為這是個不忠不孝、心性險惡之輩，如此一來，等裴渡入魔，誅殺便成了理所當然。

他越是掙扎求生，殺的人越多，汙點也就越來越大。

此刻的謝鏡辭立於夜色之中，只覺胸口悶悶生疼。

角落裡的裴渡靠在石壁上，似是為了不嚇到她，咬著牙竭力不發出任何聲響。他的動作同樣輕微，渾身上下繃緊，唯有脊背輕顫，無法抑制地發抖。

所有人都執著於誅殺邪魔的殊榮，沒有人願意細細想一想，或許真相並非他們以為的那樣。

謝鏡辭向前邁開幾步，在四溢的黑氣裡握住他的手腕。

裴渡下意識想躲，被她不由分說按住。

謝鏡辭的靈力乾淨清冽，送入他體內。鬱結的魔息受到衝撞，終於不再堵作一團，往四下消散的瞬間，血液也跟著活絡。

少年受驚般睜大雙眼，長睫輕顫。

這是他頭一次被人灌入靈力。

裴渡清楚自己如今的模樣，骯髒不堪，手腕上遍布血痂，謝小姐不皺眉露出嫌惡的神色，就已經讓他心生慶幸——他從未想過，她會握住他的手。

溫暖的氣息宛如澄澈春水，將淤積的泥沙沖刷殆盡。謝鏡辭力道不大，卻足以讓他感到慌亂無措：「謝小姐，不必浪費靈力。」

他很快就要死了。

與天道交易之後，他的修為退了四成有餘。若在以往，裴渡定能接下那些鋪天蓋地而來的攻擊，今日卻只能咬牙硬扛，勉強吊住一條命。

他也不知道自己為什麼要苟延殘喘，或許是因為……在難以忍受的劇痛裡，忽然想起了一個人。

他在為她尋找藥材。

要想讓謝小姐醒來，只剩下兩味靈藥，而在他的儲物袋裡，正躺著其中之一。

他必須把它送入謝府。

「對不起。」耳邊傳來謝小姐的聲音，很低，帶著遲疑：「我一直不知道……你和天道做了交易。」

交易內容其實很簡單。

裴渡墮魔不在天道計畫內，自他屠遍修真界各大家族，引出了因果大亂。天道不能親自除掉他，唯有透過平等交易的辦法削減裴渡實力。

他是個孤僻又不討人喜歡的怪咖，提起心願，除了遠在雲京的那一個，居然想不出其他。

裴渡垂眸低頭，不讓她看清自己蒼白孱弱的模樣：「謝小姐為何要來這裡？」

魔氣曾告訴過他，在另一個位面裡，他與謝小姐互相表露了心意。

那她應該知道，他暗暗傾慕了她許多年。

這個念頭如同巨石壓在心上，讓他不由想到自己落魄的名聲與殘破身體。裴渡早就習慣當個魔頭，唯獨不願被她見到這副模樣。

他真是沒用，另一個世界裡的裴渡，一定比他風光許多。

謝鏡辭並未回答他的問題，而是輕聲開口：「我知道的。」

她頓了頓，迎著少年烏黑的眸子，在腦海中迅速思考語句：「當年在鬼塚裡，你是受到白婉與裴鈺的陷害……我都知道。」

從來沒有人這樣對他說過。

裴渡墜下懸崖，不得已染上一身魔氣，自那以後，連他的存在本身都成了錯誤。三人便成虎，一個是卑劣的魔物，另一個是高高在上的裴家主母，在鋪天蓋地的謠言裡，沒人願意相信他。

溫暖的氣息席捲全身，似乎連碎裂的骨頭也被一根根包裹。裴渡渾身劇痛，眼底卻溫馴無波。

只要謝小姐選擇相信，其他人作何想法，都不重要。

「你的身體——」隨著靈力途經他全身，謝鏡辭蹙了眉。

不但筋脈碎裂大半，更嚴峻的，是裴渡受傷。

他被上百人聯合絞殺，外傷猙獰，內傷則牽連了血肉，破開五臟六腑。在這種情況下，必須請來名醫好生醫治，否則沒過多久，就會力竭身亡。

裴渡很可能挺不過今夜。

而她能留在這裡的時間不多，哪裡來得及為他找到大夫。

謝小姐似乎在為他難過。

裴渡忍下痛意，生澀安慰：「謝小姐應該有所耳聞，我殺了不少人……以死謝罪，乃是天經地義。」

這算是哪門子的安慰。

「那是因為他們想殺你。」她控制不住情緒，匆匆開口：「那些人根本不知道真相，一味聽信謊言，什麼天經地義，根本就是不公。」

謝鏡辭說話時驟然抬頭，電光火石，兩人視線相交。

魔氣入體，裴渡雙眼蒙著蛛網般的血紅，因她一句話戾氣退盡，湧上無措驚惶。

他受寵若驚，在瘋狂生長的寂靜裡，忽然聽見一道陌生嗓音：『通道快要堅持不住了，妳要隨時做好離開的準備。』

謝鏡辭眸色一沉。

她不屬於這個世界，理所當然會離開，裴渡對此心知肚明。

對於他來說，像是稍縱即逝的美夢——然而在它結束之前，有件事必須做。

「謝小姐。」他忍痛低頭，拿出儲物袋：「我有一個不情之請。這裡面是重鑄神識所需的冰蓮仙葉，能否將它帶去雲京，交到謝前輩手——」

未出口的話語被堵在喉嚨裡。

當儲物袋打開，少年驟然愣住。

他受了傷，口袋裡的儲物袋理所當然也遭到破壞，失去效用。

至於那片仙葉，同樣在重創下碎成一團齏粉。

……什麼也不剩了。

周身氣息渾然凝固，謝鏡辭抬起視線，見到裴渡通紅的雙眼。

他低頭，一滴水珠隨之落下，在血漬上緩緩暈開，裹挾著喑啞不堪的聲音：「……抱歉。」

兩個字落地的剎那，身前突然襲來清涼微風。

裴渡毫無防備，後背被她輕輕一按，還沒來得及反應，便跌入一個柔軟的懷抱。

側頸落下一片滾燙的水滴。

他的心臟像被用力攥緊，連呼吸都靜止了。

「對不起。」謝小姐說：「……那些不是你的錯。」

謝鏡辭離開的時候，裴渡有些發燒。

她餵他服下一粒續命的藥丸，得來少年一聲淺笑：「謝小姐，保重。」

他想了想，很認真地告訴她：「妳很厲害，一定能成為名震天下的刀客。」

謝鏡辭沉默著笑笑。

『走吧。』系統嘆了口氣：『這也是沒辦法的事情。兩個位面不能融合，無論如何，妳冒著巨大風險來到這裡，已算是仁至義盡。』

其實要想讓這個世界的謝鏡辭醒來，只需再去一次琅琊祕境，除掉憶靈便可。

然而祕境開閉不定，不可能在短時間內出現，憶靈更是行蹤詭譎，很難被發覺。

「除掉憶靈」聽起來容易，想做到，只怕得等個十天半個月。

十天半個月，嬌花一樣脆弱的位面通道等不起，瀕死的裴渡同樣等不起。按照這樣的速度，等謝鏡辭恢復記憶醒來，裴渡早就死在鬼塚角落。

它心生唏噓，等謝鏡辭轉身走遠，沒忍住回頭，又看了角落裡那道伶仃的人影一眼。

裴渡靠坐在角落，目光始終追隨著她的影子。

對他來說，這是最後一次與謝鏡辭相見的機會。

即便後者留給他的，唯有決然離去、從未回頭的背影，那也彌足珍貴。

直到此刻，他的故事是真真正正落幕了。

只可惜這個世界的裴渡仰望那麼多年，臨近結局，也沒能讓心上的姑娘明瞭心意。

遠在雲京的另一個謝鏡辭眼中，他不過是段年少時恍然的怦然心動、一場未曾起始的暗戀。

裴渡孤零零死去，她的人生仍將繼續，待得千年百年以後，恐怕連他的名姓都不會再記起。

這是無法扭轉的命運。

它莫名感到些許悵然，低聲道：『我會為妳打開通道。記得抓緊時間，千萬不能被天道發現。』

謝鏡辭卻並未應答。

在一瞬的錯愕裡，系統看見她拔出長刀。

『妳拔刀做什麼？』

它想不明白這樣做的用意，困惑之餘，是毫無緣由的神經緊繃。

某種預感兀地騰起，讓系統的音調迅速拔高：『等等，妳不會是想——雲、雲京？』

「這裡沒有魔獸，我之所以拔刀，當然是為了馭器飛行囉。」

謝鏡辭抿唇笑笑，倏地低頭，儲物袋裡微光一現，有什麼東西落在她掌心。

系統穿梭過無數世界，對於大多數故事情節的發展了熟於心，此時此刻，它卻少有地愣住，因太過驚訝而說不出話。

它看見一團柔光。

謝鏡辭手中端端正正擺放著的，竟是一個圓潤如月、散發出淡淡金色的小球，微光流瀉，極盡溫柔。

「你沒察覺嗎？當時我把這團神識握在手裡，一直沒將它納入識海之中。」修長纖細的五指輕輕一握，將它小心翼翼護在手中：「有些東西必須囤著，你說對吧？」

系統聽見耳邊簌簌爆裂的雜音。

它腦子裡一團漿糊，說不清如今是怎樣的情緒，半晌才怔怔問道：『妳怎麼會知道……莫非打從一開始，你就打算把神識給她？』

鬼哭發出嗡然輕響，謝鏡辭安靜點頭。

當她來到琅琊祕境，聽見魔氣所說的那一番話時，就在心中思忖。

她之所以能醒來，是因為裴渡與天道做了交易。

這個機會被她用掉，另一個世界裡的謝鏡辭想醒來，只能補全神識。

而恰好，她此番前來東海，就是為了奪回那份散落的神識。

系統說過，它們會在不久後解決那團魔氣。

已知魔氣來自於另一個位元面，而系統身為天道意志的執行者，絕不能插手命運進程，左右每個人物的生死存亡。它無法除掉魔氣，唯一可行的解決辦法，只剩下打開位面間的通道，強制讓後者離開。

也就是說，會有一段短暫的時間，讓兩個世界連通——

於是在此地奪回神識，再用它喚醒另一處世界的謝鏡辭，這個看似天馬行空的計畫，終於擁有了執行的基石。

而讓她澈底決定冒險一試的，是決戰之際的憶靈。

說來也巧，如果憶靈沒把她的記憶單獨提煉出來，等它被裴渡一劍劈開，散落的神識便會融進謝鏡辭識海。

萬幸它氣急敗壞，為折磨謝鏡辭，特地凝出了這個小小的光團。

直到現在，它也沒碎開。

系統沉默許久。

它有許多想說的話，腦子裡的思緒同樣不少，詫異、唏噓、感嘆，以及一絲莫名的欣喜，種種情緒湧到嘴邊，最終匯成一句無可奈何的低喃：『妳運氣還真是不賴。』

謝鏡辭笑：「是啊。」

魔氣的情報、系統的協助、裴渡的拔劍、神識的凝聚、孟小汀等人的及時救場，倘若缺少其中任何一環，莫說來到這裡送還神識，她恐怕連小命都保不住。

一環扣一環，這才是命運的有趣之處。

鬼哭凌空而起，刺破鬼塚上方彙聚的魔氣，抵達雲京時，已經到了深夜。

雲朝顏與謝疏還是不在家中，聽說仍在四處奔波，試圖找到能治好女兒的藥。

府邸靜謐，她特地藏匿了氣息，用儲物袋裡的鑰匙打開房門。臥房裡布置諸多陣法，好在都能認出她的氣息，不會輕易發起襲擊。

薰香如水，天邊的一輪明月灑下清輝縷縷。當她抬眼，望見少女安靜的睡顏。

面對面看著另外一個自己，這種感覺很是奇妙。

這個世界裡的謝鏡辭已經沉睡數年，比她更瘦一些，膚色蒼白得近乎透明，一動也不動躺在床上，像朵被精心呵護、卻隨時可能枯萎的花。

『妳確定要把神識給她？』系統的聲音有些飄忽：『這份神識本應是妳的，不只記憶，還承載了很大一部分修為。如果它不回歸原位，妳可能要花上幾十上百年的時間，才能讓識海癒合。』

謝鏡辭無聲一笑。

她看重修為，一心想要名震天下不假，卻也明白一個再簡單不過的道理：在名震天下之前，首先得做到無愧於心。

圓團吞吐著金色光暈，被送到少女額前，輕輕一顫。

這份記憶，是謝鏡辭不斷追尋的終點。

而在這個世界裡，它將開啟另一段嶄新的故事，成為珍貴的引子。

『不知道為什麼，我居然覺得有點開心。』系統看著光團漸漸消失，融進少女蒼白的前額，說著加重語氣：『我已經很久沒覺得開心過了。』

「好啦。」謝鏡辭心滿意足，終於長長出了口氣：「我們走吧。」

她說著一停，後知後覺想起什麼，從儲物袋裡拿出一卷書冊，放在床頭。

這是放在謝府門前的新一期《朝聞錄》，記錄當日大大小小各種新聞，這回的頭版頭條，便是裴渡遭到正派圍剿，墜落深淵。

謝鏡辭在鬼塚地圖的角落做了個記號。

『只可惜時間緊迫，不能繼續留在這裡。』它喟嘆一聲，有些遺憾：『妳真能保證她醒來以後，會在第一時間去鬼塚找裴渡？』

先不說此時的謝鏡辭虛弱至極，單論裴渡，他已淪為人盡誅之的墮魔，想去鬼塚救他，要背負的壓力難以想像。

更何況這個世界的謝鏡辭與他接觸不多，怎就知道見面以後，那個殺人如麻的魔頭不會對她出手？

謝鏡辭還是笑：「你還記不記得，當初我醒來之後，做的第一件事是什麼？」

那時她沒有暗戀裴渡的記憶，卻在聽聞他墜入魔淵的消息後，頭也不回去了鬼塚。

不管在哪個世界，無論記不記得，對於謝鏡辭而言，裴渡永遠與其他人不同。

她一定會去找他。

『那就走吧。』系統在她識海內伸了個懶腰，無比愜意地翻滾一通：『這邊的事情解決了，別忘記妳那個裴渡——他受傷那樣嚴重，可得好好安慰一下。』

謝鏡辭揚唇：「嗯。」

今夜的鬼塚格外蕭索，夜半不見光亮，隱約可見天邊幾點寒星。

除了幾聲夜梟哀啼，四下沒有別的音韻。連晚風也感到倦意，有氣無力地拂掠而起，在石壁上擦出沙沙輕響，宛如睏倦呢喃。

在怪石嶙峋的角落裡，呼吸聲漸漸消滅，微不可聞。

撕裂感深深滲進骨頭，每次呼吸都帶來鑽心的疼痛。

識海被劇痛占據，裴渡用力吸了口氣，隨著胸腔顫動，心像被長劍猛然刺穿。

這種痛楚昭示著他命不久矣的事實，卻也讓他覺得，自己仍然活著。

仔細想想，其實他也不知道，自己為何會走到如今這一步。

明明最開始的時候，一切都朝著最好的方向發展。

他終於能接下謝小姐的刀，並與她定下婚約，有時夜深人靜，會面頰滾燙地想，謝小姐叫出「夫君」時的模樣。

這些年來，他頂著無數追殺翻遍山林遍野，只為尋得治好她的藥材，明明只差最後一味藥……就能救醒她。

念及此處，自裴渡眼底湧上自嘲。

就算謝小姐能夠醒來，也註定與他再無關聯。

一個萬人厭棄的邪魔、一個即將死去的廢人，何德何能膽敢奢望她。

在他聲名狼藉的境況下，就連「裴渡未婚妻」這個名頭，都成了羞於啟齒的稱謂。

即便如此，裴渡還是無比強烈地期盼著她能睜開雙眼。

他希望謝小姐能開開心心地活著，至於陪在她身邊、讓她感到開心的人是不是他，並不重要。

混沌的意識朦朦朧朧，他忽然覺得很睏。

這是身體無法繼續支撐的預兆，靠著石壁的少年長睫半闔，感受到脊背上一片冰涼。

死亡並不如想像中那樣可怕。

靈力緩緩流逝、一去不回，在全身劇痛裡，裴渡察覺到一股突如其來的氣息。

……是想來確認他死沒死透的正道修士嗎？

來此地搜尋他屍體的人不在少數，好在裴渡身處偏僻角落的視覺死角，很難輕易看到。

他冷然抬眸，眼角眉梢盡是冰涼寒霜，下一瞬，便是殺氣全無，顯出少許茫然的神色。

似乎是不久前離去的謝小姐回來了。

裴渡的第一個念頭，是她可能落了東西，中途折返來撿。

這個想法並未持續太久，全因少年逐漸看清她的模樣。

與之前出現的人並不相同。

年輕的姑娘面色如紙，是許久未見陽光後的蒼白，臉頰比方才那位瘦削不少，稜角更分明，顯出病色。

他的心猛然一跳。

就連衣著打扮……也全然不同。

一個突兀的設想緩緩浮現，他暗罵自己不知好歹、自作多情，呼吸卻忍不住輕輕發顫。

不遠處的姑娘投來視線。

在夜色裡，謝鏡辭提著燈籠，看見那道頎長人影。

深淵外的狂風呼嘯不止，比風聲更加劇烈的，是她陡然加重的心跳。

那是裴渡。

傷痕累累，身側纏繞著沉甸甸的魔氣，幾乎成了個血人。

從沉眠醒來，《朝聞錄》平平整整擺在她床頭。謝鏡辭一字一句認真看完，心裡最多的情緒，是心疼與惱怒。

裴渡究竟是怎樣的人，她再瞭解不過。以他的性子墮身入魔，必然遭遇了常人難以想像的不公與折磨。

他一直都是孤零零的，除了謝鏡辭，沒有人願意在出事時護下他。

她的到來全憑一腔熱血，在路上潦草想好了說辭。

什麼魔頭，什麼正派圍剿，作為昏迷了好幾年的重傷患者，她對此一概不知——

這是離經叛道。

來鬼塚之前，謝鏡辭在心裡做過無數次演練。

第一步，舉起提在手裡的燈籠，佯裝出毫不在意的模樣，抬頭一望。

躍動的火苗暈出薄薄一層亮芒，瑩輝如霧，宛若流水涓涓，向四面八方溢開。

黑暗被撕開一道裂口，當她立於朦朧火光之中，彷彿成為了光芒，自有無邊亮色。

這幅畫面不甚真實，裴渡疑心著自己是否在做夢。

第二步，努力壓下心中狂湧的激動，神色不變，靠近他。

夜色空茫靜謐，少女的腳步聲便顯得尤為清晰，聲聲擊打耳膜上。

自耳膜往裡，蔓延開若有似無的癢，順著筋脈傳遍四肢百骸，最終撩在心上，生生發澀。

裴渡屏住呼吸，看著那道光越來越近。

一時間四目相對，謝鏡辭壓下耳根騰湧的熱，把燈籠靠近他臉頰，當望見一道道猙獰的傷口，指尖悄悄發顫。

最後是第三步。

春夜靜謐，空氣裡是鐵鏽一樣的腥，夾雜著恬淡曖昧的暗香。

穿過輕煙似的黑霧，在濃稠暗色裡，她是唯一的光源。柔光浮蕩，沖洗著柔和闃寂的夜。

她不會知道，自己與裴渡的這次相見，究竟來源於多少陰差陽錯、百轉千迴。

悖行於天道之外，兩個平行的時空陡然交錯，無數人的抉擇逐一疊加，最終造就這一剎重逢。

當謝鏡辭行至他身前，燈火輕揚。

她心疼得眼眶發燙，竭力裝出滿不在乎的模樣，低頭為他拭去唇邊的血跡。指尖柔軟，與薄唇短暫相碰：「裴公子，還記得我嗎？」

第十一章　渡渡哥哥

謝鏡辭回到琅琊祕境時，風聲已歇了下來。

滿林綠枝一片狼藉，葉子落了遍地。樹幹上隨處可見深深劍痕，被火灼燒過的地方則是鬱鬱灰黑，散發出焦臭。

憶靈黑乎乎的身體倒在一邊，沒有動靜，沒了氣息。再往前，便是圍在一起嘀嘀咕咕的孟小汀、莫霄陽與顧明昭。

莫霄陽正對著她所在的方向，一眼便瞥見謝鏡辭身影，激動地拔高聲音：「謝小姐！快過來，有驚天大發現！」

孟小汀迅速朝她勾了勾手。

四下昏黑，他們所在的地方放了盞長明燈，暈出瑩亮柔輝。謝鏡辭聞言上前，嘴裡下意識問：「裴渡呢？」

顧明昭意味深長地嘖嘖搖頭，抬手一指：「我們不會虧待裴公子，放心。」

順著他所指之處望去，身形修長瘦削的少年正靠坐於巨石旁，雙目閉闔，顯然已入了眠。

他被施了除塵訣，身上蓋著件乾淨的男式長衫，滿面血汙消散殆盡，露出毫無血色的冷白皮膚。長睫如扇，漫無聲息地垂下來，劃出兩道小小的漆黑弧度。

「他受傷很重，我們餵了些丹藥，已無性命之憂。但想讓傷口癒合，還是得從祕境離開，找個大夫來醫治。」

孟小汀道：「還有另一件事——妳看。」

她說罷揚了揚下巴，謝鏡辭垂眸一瞥，正對上另一雙驚駭的眼瞳，不由挑眉。

哦豁。

白婉狼狽地倒在一邊，被林木的陰影遮掩，捆仙繩散發出淡淡幽光，如蜿蜒蛇行，緊緊纏在她身上。

她來的時候意氣風發，此刻卻滿頭滿臉灰塵，看向謝鏡辭時，羞惱地咬牙：「你們這群無恥小輩！居然、居然對我做出那種事，我要殺了你們，殺了你們！」

謝鏡辭好奇：「『那種事』？」

「妳看這個。」孟小汀毫不掩飾話音裡的笑，打開手時，一顆留影石緩緩浮現。

這應當就是她所說的「驚喜」了。

隨著孟小汀催動靈力，留影石發出鋥然一響，四下白芒傾瀉，於半空勾勒出一幅畫卷。

畫面裡仍是在叢林，一行人與白婉之間的決鬥應該剛結束。遍野盡是湧動的火光，靈力驚起陣陣疾風，夜色之中，許多色澤不一的光團摔落在地。

謝鏡辭眉心一跳，認出那是神識凝出的圓球。

孟小汀耐心解釋：「當時我們與白婉相爭，沒想到憶靈竟還活著，陰差陽錯，撲到白婉身上。」

憶靈被重創瀕死，心中怨氣定是滔天，近乎發狂。為了報復，下手完全不留情面，甫一張口，就把白婉的記憶吞了大半。

謝鏡辭已經隱隱有所預感，知道自己即將見到什麼。

留影石裡的孟小汀蹲在地上，一個個撿起光團，身旁的莫霄陽探頭探腦：「妳是說，這些全是白婉的記憶？可它們凝成小球，我們如何才能看見裡面的景象？」

顧明昭哼哼一笑：「這種時候，就得輪到我來露一手了。」

水風上仙見識不小，從孟小汀手裡接過一顆光團。

但見靈力彙聚，他不知念了什麼法訣，旋即便是瑩光乍現，被封印的記憶緩緩蕩開。

謝鏡辭達成成就：在過去的影像裡看過去的影像。

這顆光團色澤灰暗，想必不是什麼歡歡喜喜的好記憶，待得畫面浮現，果然不假。

此時春意闌珊，記憶裡的白婉比如今看上去年輕一些，不過是個懵懂纖細的少女模樣，正坐在鞦韆上與另一人談話。

不可否認，這女人生得很美，面如桃花、秋水剪瞳，坐在一樹零落的花前，顯出幾分少女獨有的嬌憨靈動。

然而她相貌溫馴，吐出的言語，卻是令人不寒而慄：「解決了嗎？」

立在她身側的男人高挑健碩，著了身黑衣，聞言微微弓身，畢恭畢敬：「是。」

她一笑，眼尾如刀：「不知道從哪裡蹦出來的野丫頭，居然想和我爭搶親傳之位……流雲真君的關門弟子只能是我。天資卓絕又如何，也不看看她的出身相貌，也配？」

花園裡是幽謐的靜。

少女懶洋洋蕩著鞦韆，打了個哈欠：「沒留下痕跡吧？殺了之後藏哪兒了？」

黑衣人答：「化灰灑落江中，絕不會被旁人發現。」

這段記憶到此便戛然而止。

謝鏡辭神色複雜，與孟小汀對視一眼。還沒出口，耳邊就傳來白婉聲嘶力竭的嗓音：「給我把那顆留影石毀掉！我要你們不得好死！」

謝鏡辭皺眉瞧她，眼底是不加遮掩的厭惡。

裴風南會看上白婉的很大一部分原因，是因為她乃流雲真君關門弟子。這個名頭響響噹噹，對於那個極好面子的男人來說，可謂最好不過。

正因如此，當他向旁人介紹時，都會來上一句：「內子乃是流雲真君親傳。」

聽說當初有不少人競爭這一名額，經過真君設下的重重測試，白婉只居於第二。拔得頭籌的姑娘出身低微卻天賦異稟，在最終選拔的前三天，卻莫名其妙失了聯繫，留下一封訣別書。信中聲稱她習慣鄉野生活，來到仙門大宗後時時感到格格不入，加之受了不少師兄、師姐的惡意嘲諷，不願繼續留於其中。

這件事細細想來確有貓膩，然而那姑娘沒留下其他線索，就算當時有誰心生懷疑，也沒辦法找出證據。

殘殺同門乃是大忌，僅僅這一段影像，就足以讓白婉身敗名裂。

這段記憶結束，留影石上的畫面卻仍在繼續。

看完浮空的影像，孟小汀三人皆是驚詫不已，莫霄陽皺了皺臉：「不會吧，這女人為了拜入名師門下，弄死了競爭對手？這這這，那位流雲真君若是知曉，會不會提刀來砍她？」

「裴風南知道了也得瘋。」孟小汀聳肩：「他一直對白婉的身分很滿意來著。」

顧明昭嘖嘖稱奇，又打開下一段記憶。

這回白婉已長成了與如今無異的模樣，只不過穿衣打扮更顯年輕一些。

她正端坐於一處木桌前，身側站了個小丫鬟，周圍看樣子是棟茶樓，人來人往，喧嘩聲聲。

「怎麼還沒來？」她漸生不耐，皺著眉冷聲抱怨：「不是說裴風南為了悼念亡妻，每年的這一天都會來茶館？」

「小姐莫要著急。」丫鬟低聲道，露出遲疑的神色，猶豫著補充：「小姐，妳真打定了主意要嫁給他？我聽聞那人性情古怪，又對亡妻念念不忘多年，恐怕……」

「他念念不忘，我才有可乘之機啊。」年輕的女修抿了口茶，冷冷哼笑：「今日來這茶館，不就是為了效仿當年他與李夢年的初遇，讓他對我一見傾心麼？」

「可是，」小丫鬟懵懵懂懂，「那樣一來，小姐不就永遠活在他亡妻的陰影下了嗎？」

白婉又是冷哼。

「裴風南此人，性情古板、冥頑不靈，聽說還死要面子，既蠢又瘋，要不是為了裴家的勢力，我能如此刻意地接近他？沒門。」

她懶聲道：「活在李夢年的陰影下又如何？只要那些靈石、功法和天靈地寶都是我的，裴風南就算死了，我也能躺在床上偷笑。」

謝鏡辭看著這一幕景象，沒忍住噗嗤笑出聲。

冥頑不靈死要面子既蠢又瘋，白婉說得倒是貼切，也不知道裴風南親耳聽到，會是什麼表情。

她已經迫不及待想要離開琅琊祕境，把留影石拿給修真界其他人看，再欣賞一番裴風南的反應了。

那一定是十倍的快樂！

記憶仍在繼續，兩人談話之際，忽有一名小廝模樣的少年走上前來，細聲低語：「裴風南快要進門了。」

於是白婉迅速收斂眼底戾氣，唇一抿，赫然成了個溫柔嫺靜的絕代佳人，在那道健碩身影靠近時，起身與他相撞：「呀！」

白婉真是個寶藏女孩，越挖越有趣。

這聲「呀」響起來，謝鏡辭實在沒忍住，又是噗嗤一笑。

被捆仙繩縛住的白婉目眥欲裂：「不許笑！賤人！給我把繩子解開！」

留影石悠悠一轉，畫面裡的孟小汀嘆了口氣：「也不是這個。」

莫霄陽雙手環抱，苦著臉搖頭：「這，怎麼說呢，裴風南還以為自己找到了老老實實、對他死心塌地的替身妻子，但沒想到一山更比一山高，白婉之所以嫁給他，是為了家產——棋逢對手、天作之合、神仙俠侶啊！」

太強了。

他一時間居然說不出這兩人誰更渣。

「這女人到底還藏著多少事？」顧明昭目瞪口呆，又從地上的光團裡挑選半晌，拿起其中一個：「就這個吧，這個看起來最暗。」

於是法訣再度一動。

徐徐展開在所有人眼前的，是一間燭火悠蕩的書房。

謝鏡辭心下一顫。

被燭光映亮的臉，除了白婉……還有裴鈺。

「娘，這次的計畫真不會被看出破綻嗎？」裴鈺翻看著桌上一疊紙：「要是爹知道了，定會生氣吧？」

「放心，計畫滴水不漏，絕無露餡的可能。」女人面色沉靜，眉宇間是被歲月印刻出的冷淡默然，末了微微一笑，眼底卻是冷光乍現：「這是我們最好的機會。裴渡實力已經超出預料，若是任由他繼續這般，恐怕不消多時，連我也無法將其拿下。」

她說著一頓，轉頭看向最寵愛的大兒子：「他奪了你的多少光環，旁人提起裴家，皆是稱讚裴風南與裴渡，哪裡提過你的名字？不過是個鳩占鵲巢的傢伙……你不想讓他儘快消失？」

「我想！」裴鈺振聲，脊背兀地挺直：「我早就看他不順眼，還是娘對我最好。」

白婉笑笑：「記住了，等把他引到崖邊，我就放出引魔香。你裝作重傷的模樣不要出手，讓裴渡一人扛下魔潮，緊接著，我再把儲存的魔氣灌入他身體中——到時候該如何對你爹說，都記住了嗎？」

「記住了。」他點頭：「裴渡將我和娘親帶往懸崖，趁我不備，竟引來諸多邪魔，欲要置我們二人於死地。」

燭火躍動，女人露出滿意的笑：「沒錯，就是這樣。等鬼塚一過，我的兒子便是裴家第一天才。」

「是他們陷害裴渡的記憶！」莫霄陽激動得跳起來：「只要把這段畫面放進修真界，裴渡就能沉冤昭雪了——那邊的留影石應該有在好好記錄吧？」

「有有有，你放心吧。」孟小汀揚唇：「終於……要是沒有這一遭，恐怕永遠都沒辦法證明裴渡的清白了。」

鬼塚一事證據全無，白婉行事縝密，不可能留下絲毫痕跡。

若她沒來琅琊祕境，又恰恰好遇到憶靈發瘋，他們絕不可能見到這些記憶。

留影石之外的謝鏡辭亦是鬆了口氣。

這些日子，她想破腦袋，始終沒能找到證明裴渡清白的辦法。這出巧合可謂陰差陽錯，說到底，還是白婉自作孽不可活。

她看著留影石裡的莫霄陽與孟小汀擊了個掌，莫名想到自己時隔多年，在鬼塚見到裴渡的時候。

那時他深陷泥沼、滿身是傷，被前來追殺的男子稱作「喪家之犬」，修真界中不少人同樣對他心生芥蒂，看不起他。

他明明應該是修真界裡最驚才絕豔的劍修。

裴渡雖然未曾表露態度，不願讓謝鏡辭為他擔憂，但她見過少年眼底的暗色。

一切都能水落石出，真是太好了。

她以為記錄到這裡，留影石中的影像就該結束了。

但畫面裡的顧明昭沉默稍許，忽然皺了皺眉，拾起角落裡的一顆圓球：「這個……應該也是她的記憶吧？」

謝鏡辭看到不遠處被綁著的白婉瞬間睜大眼睛。

對於留影石裡的一切，其實和謝鏡辭一樣，她都是頭一回見到。

當初她被憶靈襲擊，神識失散大半，很快便陷入了昏迷。等迷迷糊糊醒來，記憶已經被重新裝回腦海，捆仙繩讓她無法動彈，眼前則是三張意味深長的笑臉，露出欲言又止的看戲之色。

她不知道他們究竟看見什麼。

但此時此刻，當視線觸到畫面裡的那顆光團，她終於明白了那些笑容的深意。

——被顧明昭握在手裡的神識很小，之所以很晚才被發現，是因為幾乎與草叢融為了一體。

這是顆草綠色的光團，綠得陰慘，綠得肆意，綠得讓她有些發慌。

「這個顏色，」莫霄陽斟酌一番語句，遲疑地開口，「真獨特啊。」

「不會吧不會吧，不會是我想的那樣吧！」孟小汀雙眼渾圓，迫不及待：「快快快，看看這裡面是什麼！」

顧明昭神色複雜，指尖用力。

記憶浮現的剎那，莫霄陽後背一僵，反射性捂住了眼睛。

但見紅簾帳暖，燭光搖曳。

雲鬢散亂的女人坐在床頭，紅唇輕啟，把身旁青年遞來的葡萄吞入口中。

「裴風南又不在家？」青年相貌俊朗，同樣衣衫不整，喉間發出一聲輕嗤，「他一年到頭，待在裴府的時間有三個月嗎？」

「這不是正如我們的願？」白婉亦是笑，摸摸他的髮絲：「他不出遠門，我哪來的機會見你？十天不見，可把我愁壞了。」

一縷春風過，掀起滿地殘葉，蕭索蒼涼，林中卻充滿了快活的空氣。

留影石裡的孟小汀三人：哦豁。

留影石之外的謝鏡辭：哦豁豁。

春天來了。

裴風南綠了。

其實想來也是，白婉自始至終沒對他產生過絲毫感情，不過當個升級工具兼聚寶盆。如今她有錢有勢，修為遠超常人，身為一名富婆，理所當然要為自己尋找樂趣。

她本以為這已經是最大的猛料。

沒想到記憶裡的青年冷冷一哼，竟是撒嬌般開口：「想我？白前輩在雲京收了十多個院子，來我這兒，也不過是一時興起吧。」

謝鏡辭悚然一驚！

救命啊！她原以為裴風南頭上是草色遙看近卻無，結果居然成了萬條垂下綠絲絛！白婉，不愧是妳！

另一邊的白婉怔怔躺在樹下，已經澈底懵掉。

她清楚這群小輩動用留影石的目的，無非想把她過去的行徑昭告整個修真界。光一個陷害裴渡的罪名就已經夠嗆，倘若連另外幾段也被放出去……她的名聲就全完了。

恐懼感瞬間湧上心頭。

不久前還氣焰囂張的女人猛然一顫，語調壓低許多：「別……我們打個商量，這些千萬不要讓別人看到。你們想要什麼？靈石、財寶、靈丹妙藥和祕笈功法，不管什麼，我都能給你們！」

她一說完，便瞥見謝鏡辭似笑非笑的臉。

謝家勢力雄渾，無論是上述哪一種，都無法讓她心動。

「我的確做得不對，當時鬼迷心竅，不知怎地就朝裴渡下手——」她被綁得沒法動彈，走投無路之際，只得暗自咬了咬牙，丟去全部尊嚴淒聲道歉：「你們也知道小鈺的性子，他被裴渡壓了一頭，成天在我面前哭訴。我身為他娘親，不願見到自己的孩子難受，實在是沒辦法了，才出此下策。」

她感到前所未有的恐慌與後悔。

為什麼要跟著他們來到這鬼地方，為什麼會被那團漆黑的怪物入侵神識，乃至於一開始，為什麼要針對裴渡。

如果沒發生那些事，她仍然是高高在上的裴家主母，而如今——

她簡直不敢去想裴風南到時候的模樣。

晚風陰寒，吹在她後腦勺上，帶來一瞬清涼。

白婉深吸一口氣，脊背微顫。

……不對，也許她仍有一線生機。

方才留影石裡映出的，是孟小汀等人圍在一幕幕浮空的影像之前。如果她不承認那些影像是她的記憶，反咬一口，說他們惡意造出幻象，試圖陷害她呢？

女修眼底的得意與憎恨一閃而過。

孟小汀有所察覺，卻並未多語，噙著笑勾勾手指，掌心白芒隱現，居然又出現了另一枚留影石。

白婉直接僵成一尊石雕。

她居然把方才的所有對話，也悄悄記了下來。

這合理嗎？她哪裡來那麼多石頭？這臭丫頭不是體修……而是修留影石吧？

「其實那顆留影石裡出現的記憶，都能被解釋成幻象，不怎麼可靠的。」她揚唇一笑，揚了揚手裡的石頭：「如今鐵證如山，多謝白夫人啦——至於那些懺悔的話，還是留給修真界的其他人聽吧。」

總而言之，經過諸多意料之外的變故，此番琅琊之行總算圓滿落了幕。

當謝鏡辭自祕境走出，只見天高海闊，一派浪靜風平，不久前發生的種種恍然如夢。

孟小汀心情不錯，長長出了口氣：「總算出來了！看倦密密麻麻的山和樹，海邊的感覺果然不同。」

莫霄陽背著裴渡，看謝鏡辭一眼：「我們是直接馭劍前往雲京，還是先行留在淩水村，等裴渡的傷癒合一些？」

裴渡先是與憶靈死戰一番，後又生生接下白婉一擊，不但身體處處布滿血痕，識海中的情況也不容樂觀。

若是以這種狀態乘上飛劍，只會讓傷口開裂得更厲害。

「先在淩水村休息一段時間吧。」謝鏡辭道：「大家或多或少受了傷，不必急於一時。我會向爹娘告知一切安好，順便讓他們差遣幾個大夫來。」

不愧是有錢人家的大小姐。

錢可能買不來快樂和健康，但加倍多的錢，一定可以。

莫霄陽忍不住朝她豎了個拇指。

「先離開海面再閒聊吧。」顧明昭抬了眼，視線掃過兩側狂嘯的海浪：「祕境快關了。」

祕境與仙家洞府現世時，會有諸多祥瑞異象籠罩其上。

通常而言，異象以祥雲罩頂、仙鶴騰飛居多。到了琅琊祕境所在的海上，便是萬千海潮一併湧向兩側，凝成波濤澎湃的高牆，為通往祕境入口的路徑空出悠長通道。

至於此刻，不僅天邊淺粉色的濃雲漸趨單薄，水牆亦是有坍塌之勢，自最高處往下，不斷有潺潺水色猝然落下，激起雪白浪花，琅琊祕境來得悄無聲息，去時也沒什麼徵兆。倘若繼續留在此地，待它靈力散盡、無法操控海水，一行人只會迎來劈頭蓋臉向下砸的浪潮。

他們不敢多加逗留，很快穿過長長通道上了岸，不消多時，便聽見如雷的巨響——浩浩水牆有如大廈傾頹，轟然崩塌。水浪如龍，激起千堆紛亂雪白，通道於頃刻之間被吞噬殆盡，再望眼看去，唯有碧水狂瀾、煙波浩渺。

水到半空成了霧，輕輕一撫，哪裡還有通道的半點影子。

「好險好險，幸虧出來得及時。」海浪的氣勢震懾八方，莫霄陽有些後怕，往凌水村的方向一望，不由挑眉：「奇怪……村子裡是在做什麼？」

凌水村裡的氣氛，似乎與往日不大相同。

在謝鏡辭的印象裡，由於蠱師之禍，這個與世無爭的小村落愁雲密布、靜謐非常，居於此地的村民同樣靜默，平淡得像一口無波古井。

然而此時此刻，凌水村村口卻是人影交錯、喧嘩聲聲，不少人圍在一起，不知擺弄著什麼東西。

一名中年男子遠遠眺見他們，眸色微亮：「喲，明昭回來啦——那位小道長怎麼了？你們一個個的，怎麼渾身是血？」

他說罷瞅了瞅被捆仙繩縛住的白婉，欲言又止。

能被這樣綁著的，大概是個壞傢伙。

「他受了點傷，我們正打算前去醫館。」顧明昭撩起眼皮，往前一探：「這是在做什麼？」

被村民們圍住的，是那張擺在村口多年的石桌。

準確來說，是桌上好幾張端端正正擺著的圖紙，紙上落筆端莊、一筆一劃乾淨有力，粗略看去，竟是幾份設計圖。

「水風上仙的廟不是塌了嗎？我們打算重建一個。」另一個女人道：「這裡是幾個備選的法子，村裡已有不少人去購置木材，只等明日開工。」

顧明昭一愣：「水風上仙？」

「你年紀輕輕，又是從外地來，理應不認得他。」一旁髮鬚皆白的老者溫聲笑笑：「那是庇佑凌水村數百年的神靈，曾救我們於危難之中。年輕人有空不如去拜一拜，很用有的。」

不了，不了。

我拜我自己，這種做法有沒有用暫且不談，但絕對是有點病的。

唯一知道真相的村長靜默不語，與顧明昭不動聲色交換一個眼神。

憶靈被裴渡一劍剖開，吞噬於腹中的記憶隨之回籠。時隔多年，凌水村終於回憶起被遺忘的神明，眾人皆是大驚，似是經歷了南柯一夢。

老者思忖須臾：「當年突然出現在村子裡的怪物，是從琅琊祕境出來的。不知我們此番恢復記憶，是否與諸位道長在祕境裡的所作所為有關？」

這是個聰明人。

謝鏡辭點頭：「盜走記憶的怪物名為憶靈，已被我們解決，無需再生擔憂。」

「那就好、那就好……上仙曾現身於村中，為我們除去大禍，我們這群人卻不識恩情，竟把他忘了。」老者眸色暗暗，繼續道：「只願等我們修繕廟宇，香火旺盛之日，上仙能不計前嫌地回來。」

謝鏡辭沒說話，目光輕輕掠過顧明昭。

他仍是溫和懶散的模樣，瞳仁卻顯出從未有過的沉鬱漆黑，伴隨著笑意一閃。

「一定會回來的。」顧明昭揚唇笑笑，掃視桌上擺著的圖紙，伸手點了點其中一個：「我覺得這個還不錯，說不定他會喜歡。」

村長眼睫輕動，亦露了淺笑：「我也中意這一份。」

「對了，」孟小汀環顧四周，「這麼熱鬧，怎麼不見白寒姑娘的影子？」

白寒在鑽研蝶雙飛的破解之法。

她的蠱術與溫知瀾同出一門，最能看出其中蘊藏的玄機，等一行人前去拜訪，居然已做出了解藥的大致雛形。

見過她以後，接下來的一切便是按部就班。

謝疏與雲朝顏不但派來好幾個大夫，本人也一併趕往凌水村，看罷孟小汀遞來的留影石，再瞥面如死灰的白婉一眼，露出唏噓之色。

顧明昭仍然是村子裡普普通通的熱心小青年，水風上仙的廟宇則開始搭建，聲勢浩蕩。

至於白寒，被遲遲趕到的藺缺診治一番，渾身劇痛竟舒解許多。

自古醫毒不分家。藺缺作為鼎鼎大名的醫聖，對蠱毒極感興趣，至於白寒體內的劇毒，於他而言無異於有趣的挑戰。

——他已經許久未曾遇上挑戰，興奮得雙目發亮。

裴渡醒來，已是整整一日後。

他雖被大夫精心醫治過，乍一動彈，還是傳來陣陣隱痛，在刺入眼前的陽光裡，聽見系統的聲音：『醒啦。』

他禮貌應答，努力抬眼，打量周遭景象：「前輩。」

這是他在客棧裡的房間，此時並無旁人，窗戶半開半掩，泄下熹微晨光。

裴渡嘗試動了動手指，感受麻木的經脈重新運轉，伴隨著隱隱的疼。

這種疼讓他感覺自己還活著。

『謝鏡辭去取蝶雙飛解藥了。』系統虛情假意地嘆氣：『過不了多久，我就要和你說再見了。小公子，你有沒有一丁點捨不得我？』

它說著嘿嘿一笑：『由於謝鏡辭肯定不會主動告訴你，乾脆我來替她說。你昏迷的這一日，她可是時時候在旁側，幾乎從沒離開過。』

少年耳根隱隱泛了紅。

在祕境中的所見所聞倏然湧上心頭，裴渡想起神識裡的一幕幕景象，仍覺得像是做了場美夢。

在許久以前，謝小姐也對他——

裴渡把臉往被子裡縮了縮。

『其實這從很久以前就擺明了嘛。』系統慢條斯理，好似看戲：『你想想，她遇上那麼多形形色色各不相同的人，為什麼唯獨面對你，才展開人設裡的愛情戲碼？那丫頭心有所念，思想不純潔唄——怎麼樣，小公子開不開心？』

即便沒有了記憶，遵循著本心，她還是一次又一次選擇了他。

打從一開始，於謝鏡辭而言，裴渡就是最特殊的那一個。

這顆蜜糖從天而降，勾起連綿的火，灼得他有些難受。

裴渡尚未回答它，忽而聽見房門一響，被人輕輕打開。

一時四目相對。

謝鏡辭沒想到他會醒得這麼快，略微怔住：「你醒了？藺缺前輩說過，這麼嚴重的傷，至少需要兩天。」

她著急裴渡的傷勢，開口時並未思考太多，直到看見他通紅的耳朵，才意識到不對。

對了。

在琅琊祕境裡，她背地裡的花癡行為全被他看見，什麼小豬拱食，什麼化作蟲子扭來扭去，什麼鵝叫連連，堪稱修真界動物園。

之前在生死攸關的緊要時機還不覺得，如今一切塵埃落定，屋子裡只剩下她和裴渡兩人……

謝鏡辭的識海轟隆隆開始狂炸。

「蝶雙飛的解藥已經拿來了。」這種時候絕對不能露怯，否則定會落於下風。她努力正色，不去思考祕境裡見到的景象：「白姑娘將它製成了丹丸，只需我們雙雙服下，便能凝出罡氣，擊散蠱毒。」

裴渡乖乖點頭：「嗯。」

謝鏡辭輕車熟路拿了茶杯，把藥丸送入他口中，再餵一些水。

他有些不習慣這樣的照料，靠坐在床頭低聲道：「謝小姐，我——多謝。」

其實經過一整日的休憩與仙藥滋養，他已能做出簡單的動作。

裴渡本想說「我自己能行」，卻不知怎麼中途把話咽了下去，又喝了口謝鏡辭遞來的水。

他在心裡悄悄譴責自己一把。

「這段時間辛苦你了。」餵完藥，謝鏡辭如釋重負：「系統一直很亂來……它沒對你說什麼奇奇怪怪的話吧？」

裴渡迅速搖頭。

『我能對他說什麼奇奇怪怪的話！』熟悉的大嗓門響徹識海：『這一路上，我一直在對小公子說明何為自由平等文明法制，很認真負責的！』

這玩意兒十有八九是在信口胡謅。

謝鏡辭不理它，看向裴渡：「你的傷口感覺如何？」

「好多了。」裴渡溫馴笑笑：「謝小姐不必擔心。」

時至此刻，她終於意識到某個極為嚴肅的問題——裴渡居然還在叫她「謝小姐」。

但謝鏡辭出乎意料地並不會覺得生疏。

他的「謝小姐」和旁人不同，嗓音雖清清冷冷的，語氣卻綿軟悠長，一個好端端的稱呼，能被叫出三分欲色。

謝鏡辭覺得她完蛋了。

她如今分明成了唯裴渡主義者，不管怎麼看，都覺得他越來越勾人，一顆心被吊著左右晃。

「琅琊祕境裡發生的事情，我還沒來得及向你解釋。」她摸摸鼻尖，試圖掩下思緒：「在最開始的時候——」

這段話到此便戛然而止。

因為在識海裡，謝鏡辭聽見一聲陰森森的笑。

她覺得大事不妙。

『叮咚！恭喜觸發對應場景！』

『臺詞正在發放中，請稍候……』

細細想來，系統已經很久沒作妖。

無論在哪個故事裡，男女主角都不可能在生死關頭來上一句「取悅我」，但當兩人同處一室，一切皆有可能。

謝鏡辭清清楚楚記得，這個人設的所有劇本，都異常恐怖。

她神識往上一瞟。

裴渡察覺到她半晌的怔忪，心有所感：「任務？」

系統的任務罷了。

謝鏡辭瑟瑟發抖。

反派大小姐與卑微小男僕之間，可不會生出擦藥療傷的戲碼。

這會兒裴渡受傷臥床，對應的劇本情節是男僕與真女主夜半相會，不慎被大小姐發現。後者惱羞成怒，下令將他關進地牢家法伺候，等他滿身是傷地出來，再來宣告主權。

——所以這是什麼鬼畜情節啊！

謝鏡辭心慌意亂，飛快看了裴渡一眼。

他重傷未癒，面色如紙，頰邊則是淺淺酡紅，如同暈開的墨。少年長相清冷矜貴，此時卻像朵薄薄桃花，嘴唇雖是蒼白，然而沾染了瀲灩水光，讓人無端想起花瓣上任人採擷的晨露。

實打實的畫面衝擊。

裴渡很少見到她如此為難的模樣，心中竟也莫名生出緊張：「謝小姐……我沒關係。」

他知曉這個設定的大致走向，做好了十足的心理準備，一定不會臉紅害羞——

下一瞬，脊背兀地僵住。

熱氣轟然乍起，裴渡如同炸毛的貓。

完全沒有預兆，謝小姐一瞬間翻身上床，坐在他小腹上。

她還將手……按在他胸前。

然後輕輕穿過前襟之間的縫隙，向裡，也向下。

這個動作超出想像，他不做抵抗，親眼看著少女青蔥般纖細的手指緩緩探入，隨著指尖下滑，引得前襟向兩側散開。

他只穿著薄薄一層裡衣，被謝鏡辭這樣一動，胸口立刻敞開浪蕩的豁口，露出內裡層層疊疊的繃帶。

春天的風有點冷，吹在外露的皮膚上，攜來謝小姐的聲音：「你整個人都是我的，掀開看一眼，不可以麼？」

裴渡心緒亂作一團，連自己也覺得意想不到，居然下意識回了句「可以」。

……他怎麼能說出這種不知羞恥的話啊。

謝小姐的動作仍在往下。

她的手懸空著，並未觸到裴渡身體，若有似無的溫度隔著紗布，讓一切顯得若即若離。

再低頭，前襟已然凌亂敞開。

其實因為傷口的關係，他身上包裹著紗布。雪白繃帶一層又一層，只在少數地方露出身體，因而每一寸都顯得格外珍貴。

被謝小姐看見身體，這並非頭一次。

裴渡心生緊張，如今與她漸生親密，就愈發在意身上的道道傷痕。

他自小被裴風南關起來練劍，受傷不計其數，裴風南一個粗糙的男人，自然不會懂得擦藥祛疤。

此時此刻向下看去，在繃帶的空隙之處，一眼便能見到條條道道深淺不一的長痕。

裴渡從不在意這具身體的模樣，唯獨面對她時，會覺得自己不夠好。

謝小姐正低頭看著他。

指尖圓潤，帶了輕微的涼，有如蜻蜓點水落在他小腹的一道舊傷疤，裴渡低低出聲：

「謝小姐……」

她並未立即應答，而是發出一聲悶悶的哼笑：「真是個妖精。」

他陡然僵住。

耳邊繼續傳來她的嗓音：「不錯。對於看到的一切，我很滿意。」

謝鏡辭：「……」

啊啊啊她到底在說什麼！雖然裴渡的身體瘦而不柴她的確很滿意……但這種臺詞也太羞恥了吧！

裴渡臉紅了。

他絕對絕對臉紅了！而且是火山爆發砰砰砰的那種！求求系統不要再用虎狼之詞毒害純潔小朋友！

指尖在傷疤上轉了個圈，繼而悠悠向上，經過腹部肌肉清晰流暢的紋理。

像碰到一條長長的小溝，再往上，就是被繃帶包裹的傷口。

她心知不能觸碰傷疤，手指在距離繃帶很近的地方停下，柔柔一按。

這裡雖然不到傷口，隔著毫釐之距，卻也能引出細細密密的微痛，讓裴渡輕輕吸了口氣。

對不起，裴渡。

你那樣，她還非要這樣，這樣那樣，這樣那樣。

謝鏡辭心裡的小人淚流滿面、哭天搶地，從未如此真切地意識到，她就是個禽獸。

她深受良心折磨，沒發現裴渡的耳朵越來越紅，一直蔓延到臉龐，火一般的燙。

這是種很奇怪的感覺，比起痛，更像是螞蟻爬過似的癢，在他腹部匯出古怪的滾燙，遲遲不願散開。

「害怕被我碰麼？」謝小姐說：「你和那女人親近的時候，可不是這副表情。」那女人。

裴渡想起見過的系統劇本，隱約明白這是懲罰。

按照原定劇情，謝小姐本應用力碾在傷口上，她是心疼他，才換成了這種輕微的撫摸。

卻殊不知比起疼痛，這樣的感覺更折磨。

裴渡垂眸，沒出聲。

謝小姐的動作停了一瞬，聲音被壓得很低，如同烏雲罩頂：「如果不想接受其他懲罰——」

她似是咬了咬牙，用了十萬分的氣力，才說出下面一句話：「那就取悅我。」

不要啊。

謝鏡辭幾欲吐出一口老血，臉上險些炸煙花。

這是正常人能講出來的話嗎？真有人覺得這種臺詞很狂霸炫酷拽嗎？就算裴渡知道她受了強制，不會多想……但果然太奇怪了吧！

被她壓住的少年氣息紊亂，眸子裡是混濁的暗光，好似幽深洞穴，莫名生出幾分攝人心魄的危險。

謝鏡辭覺得自己的指尖在發燙。

這些只不過是任務臺詞，裴渡本應該一動也不動地等待任務結束。

謝鏡辭從沒想過，他會突然抬起雙手。

謝鏡辭：「……」

少年前襟散亂，烏髮傾灑在側臉與頸窩，盤旋如蛇。長髮是純粹的黑，面頰則顯出極致的白與粉，骨節分明的手指落在她臉頰，沒什麼力氣，輕輕往下帶。

謝鏡辭一個不留神，身體順勢前傾，勉強用手撐住床頭。

『噢——！我的老天耶穌基督觀世音菩薩！』系統發出驚聲雞叫，強忍笑意：『小公子長大了，居然學會趁這個時機撩人——我先撤了，二位慢慢玩。』

什麼、什麼叫「趁這個時機撩人」。

裴渡他——

謝鏡辭的臉在迅速升溫。

她雖然在上方，裴渡卻才是主導動作的那一個。兩人近在咫尺，謝鏡辭感受到他屏住了呼吸。

既然緊張到連呼吸都不敢，幹嘛還要做這種事。

裴渡定定與她對視，雙手輕微發力。

藥香、樹香與騰騰熱氣彼此交纏，染了水色的薄唇與她輕輕一觸，旋即軟綿綿地碾轉反復，稍縱即逝。

他聲音很低，在薄唇偶爾離開的間隙響起，強忍著羞赧與無措：「謝小姐，像這樣，可以嗎？」

這也太犯規了。

而且……真的很像妖精。

心跳亂了節拍，毫無規律上下晃動，衝撞在胸口上，讓謝鏡辭有些發懵。

咚咚，咚咚咚，咚咚咚咚，咚。

她尚未反應過來，忽然感覺覆在臉上的手掌一動。

裴渡指尖向後，撩動一絲散落的長髮，柔柔落在耳朵。

他在捏她耳垂。

他他他還上下摸！這是從哪裡學來的動作！

奇怪的觸感直勾勾撓在心上，謝鏡辭哪曾體會過這種感受，一時間渾身僵住，猝然看向裴渡。

他坐在床上，一副大病初癒的模樣，黑眸裡是晦暗不明的幽邃，映出眼底漂亮的紅。

謝鏡辭終於明白了，這分明是假公濟私。

俗話說得好，天然直球最克病嬌。

你一個身嬌體軟可憐兮兮的小男僕，乖乖任她推倒就好了啊！誰讓你當真來取悅了！

遍體的疼痛若隱若現，告訴裴渡此地並非夢境。

眼前是他唯一的，也是最喜歡的女孩。

那些曖昧的動作曾無數次出現在他的夢中，讓他醒來後耳根通紅，卻也不由去想，會不會於某日成真。

這原本是個遙不可及的奢望，如今當真做出，遵循著本能，一切竟如此順理成章。

他甚至渴求著更多。

「我不會和別人親近。」裴渡緊張得厲害，嗓音低不可聞，瞥見她怔然的眼神，尾音不自覺平添一絲淺笑：「……只給謝小姐一個人碰。」

謝鏡辭：「……」

她死了。

窗外有熹微天光溢進來，凝成團團簇簇的流影，拂過少年纖長的眼睫。

鴉羽一般的黑，被光團晃得倏然一顫。

裴渡努力保持呼吸平穩，靜候謝鏡辭的回答。

乍一看去，他如今處在極端的被動姿態。

謝小姐俯身，虛虛壓在他之上，兩人隔著短短一段距離，似乎能感受到對方體溫。她一隻手撐在床頭，另一隻手按在床鋪裡，與他的側頸離得很近，當裴渡屏住呼吸，能聽見被褥被攥住的輕微窸響。

被子摩挲，是種十足曖昧的響聲。

他強忍赧然，目光靜靜往下，見到自己凌亂不堪的前襟。

因為渾身陡然升高的溫度，連脖子以下的位置也成了淡淡粉色，衣襟褶皺連綿，反倒生出幾分欲蓋彌彰。

這種景象讓他面頰發熱，方才自己說出的那句話亦然。

他打小內斂，從來不是討人喜歡的性格，更不會講那些司空見慣的恭維話，唯獨面對謝小姐，一切都變得與眾不同。

他想讓她感到開心。

用她的話來說，從很久以前起，裴渡便想取悅她。

在此之前，他不知曉謝小姐的心中所念，行事皆是小心翼翼，不敢驚擾她分毫，此刻念及琅琊祕境裡見到的景象……

裴渡想，親近這種事，總不能讓女孩子主動。

他不知道男女相處時的慣例，只能憑藉本能地靠近，對謝小姐講出羞於啟齒的心裡話，擔心若是自己做得不夠好，會讓她厭倦或失望。

又或者……她會不會覺得這樣的舉動過於猛浪？

一切都是未知數。

謝小姐伏在他身上，臉很紅，雙目有失焦一瞬。

「你。」謝鏡辭遲疑開口：「我──」

她也不知道自己究竟在說些什麼。

全怪眼前的畫面太有衝擊力，她又被裴渡那句話撩得發懵，腦子裡全是漿糊，想不出有用的措辭。

裴渡穩住呼吸，黑眸與她堪堪對視。他尚未收整好思緒，便見近在咫尺的姑娘紅唇一抿，倏地低下腦袋，埋進他半遮半掩的衣衫間。

他的心忽地往上提。

這個動作太過親暱，已經令裴渡心慌意亂，偏偏謝鏡辭又在他胸前蹭了蹭，開口出聲之際，吐出的熱氣繾綣在胸口：「……這也太犯規了。」

犯規的明明是謝小姐，那熱氣簡直能把他的心臟化開。

裴渡僵著身子一動也不動，謝鏡辭像倉鼠一樣蹭了半晌，等臉上的熱潮終於消散一些，才再度抬頭，露出晶亮的、如柳葉一樣的眼睛。

她空出一隻手，戳戳裴渡側臉：「誰教你這樣說的？」

謝鏡辭可沒忘記，孟小汀不知什麼時候塞給他一大堆話本。雖然她沒親眼見到那些書冊，但以孟小汀的性格，絕不會是什麼正經故事。

和親吻相比，戳臉是不一樣的親暱，如同被貓咪尾巴輕輕一掃，暗暗撩人。

裴渡不習慣這個動作，呼吸亂了亂：「沒有人教我。」

他說罷微頓，稍稍加重語氣，似是有些委屈：「那些話是真的，謝小姐。」

許是想起自己不久前的那番言語，少年喉結一動，面上更熱。

雖然偶爾能反撲一把，但歸根結底，在感情一事上，裴渡要比她更生澀。

謝鏡辭沒談過戀愛，可好歹看過許許多多話本，後來在各個小世界裡穿梭，又經歷了千奇百怪的磨礪與薰陶，在理論方面比他強上不少。

至於裴渡，剝開外在的殼，內裡還是隻蜷成一團的蝦。

她意識到這一點，心中緊張消散大半，忍笑眨眨眼睛，倏地抬了手，捏住他的耳垂。

「那這樣呢？」

少年的耳垂本是瑩白如玉，如今卻泛著濃郁深紅，像是血液一股腦彙聚，摸起來軟綿綿的，發著熱。

他瞳孔驟縮。

謝鏡辭心裡笑個不停，面上仍是好奇的模樣：「像這樣做，也是你自己琢磨的嗎？」

裴渡並未立即回應。

說來慚愧，這是他悄悄收集到的法子。

他知道自己性子有些悶，可能不會討謝小姐喜歡，某日路過書攤，買下一堆食譜後，無意中見到老闆正在閱讀一冊話本。

老闆很熱情，瞇著眼睛笑：「客官，這是我們店最搶手的本子，愛情故事感天動地，人人看了都說好。你要不要買一本回家，送給喜歡的姑娘？」

謝小姐理應是不愛看這種東西的。

裴渡本想拒絕，忽然又聽老闆壓低了聲音：「或者啊，小公子也能自個兒買來看。有不少郎君都購置了一冊，這本子裡的男主角啊——技巧多得很。」

很可恥地，他停下腳步。

而且不但買了一冊話本，連它的前傳也一併落進儲物袋中。

裴渡本以為事情會就此告一段落，沒想到一轉身，居然在不遠處見到孟小汀。

孟小汀的表情似笑非笑，在與他對視的剎那終於忍不住，噗嗤笑出聲：「對、對不起，裴公子，我本來想跟你打招呼，但見你一直在同老闆講話，就先行在這邊候著。」

她一定看到了少年劍修手裡愛情故事感天動地的話本，輕咳一下。

裴渡當時的臉燙到快要爆炸，又聽孟小汀憋笑道：「裴公子，其實這冊不算什麼，我儲物袋裡有許多更有用的『技巧』，你要不要看看？」

裴渡：「……」

再度很可恥地，他點了點頭，不忘低聲補充：「……還請不要告訴謝小姐。」

「哦。」孟小汀笑得更歡：「所以說，裴公子是為了辭辭。」

裴渡這才後知後覺，孟小汀從沒問過他買下話本的原因，他卻一時心慌，自行把謝小姐供了出來。

心裡的小人呆立半晌，以頭搶地，自覺把自己釘在恥辱柱上。

總而言之，雖然過程不堪回首，但他總算從孟小汀手中得來了不少話本。

裴渡做事認真，秉持著學習前輩經驗的念頭，一邊看，一邊在書桌奮筆疾書。話本裡的故事雖然經不起推敲，但許多情節都是他聞所未聞，看罷不由呆呆地想：原來男女之間的相處竟還能如此這般？

平心而論，裴渡在看話本的時候，心中並未生出什麼旖旎的念頭。

可當書頁合上，他看著筆下滿滿當當的字跡，忽然無比清晰地意識到，自己正在學習。

也就是說……這些法子，很可能會用在他和謝小姐身上。

於是不可言說的緊張感成倍遞增，當天晚上他做了個奇怪的夢，醒來面紅耳赤。

至於此時此刻，捏住謝小姐耳朵，便是其中提到過的辦法。

聽說這樣能讓她覺得開心，裴渡手法笨拙，但總歸還是輕輕撫了上去。

但他總不能告訴謝小姐，自己看過那些奇奇怪怪的話本，要是她知道，定會狠狠笑話一通。

耳朵被她撫摸的地方生生發癢，裴渡澀聲：「嗯。」

那夜他在謝府醉酒，醒來後記憶一片迷糊，不記得自己說漏了嘴，把孟小汀的話本全盤托出。

「真的？」謝鏡辭笑了笑：「那——像這樣呢？」

她話音未落，便已俯身向下。

唇瓣輕輕落在幾欲滴血的耳垂，有魚一樣的濕濡觸感從唇間探出，用力一壓。

熱流暗湧,有如過電,裴渡已快被折磨得發瘋,左手手臂倉促遮住眼睛:「謝小姐……」

謝鏡辭卻並未做出回應,繼續向上。

她的攻勢細密又溫柔,將他輕而易舉撩撥得方寸大亂,散落的記憶回籠,裴渡心下一動。

這個動作,他曾對謝小姐做過。

那時他喝了酒神智不清,在謝府桃林裡——

思緒尚未聚攏,裴渡兀地咬牙。

一股熱氣從耳邊直衝衝湧上識海,轟地炸開。

謝鏡辭朝他耳朵裡吹了口氣。

君子報仇十年不晚,三十年河東三十年河西。

當初在桃林裡有多被動,這會兒的謝鏡辭就有多得意,眼看他喉結重重一顫,呼吸加重。

她好罪惡但也好快樂,事實證明她還能反攻!

裴渡總算意識到,這是個別有用心的小小報復。

那道氣息炸得他發懵,胸口像有無數螞蟻在動,深吸一口氣,終是繳械投降:「不是。」

謝鏡辭的嗓音噙了笑:「什麼?」

「是……談情的話本。」他有些難受,卻又對她的觸碰甘之如飴,尾音輕輕顫:「我看過一些,記了下來。」

她頓了一下:「哪兒來的話本?」

「書鋪。」

他倒是仗義，沒把孟小汀供出來。

謝鏡辭這才抬起頭，從他耳畔離開。

裴渡相貌清雅矜貴，此時卻被濃郁的緋色掩蓋，連瞳孔都蒙著層水霧，晦暗不明，看不清晰。

房間靜謐，只能聽見他壓抑的呼吸。

她做了壞事，不好意思直面他的視線，口中卻忍不住繼續道：「有沒有學到別的？」

裴渡看出她故意打趣的壞心思，這回是無論如何都不願開口了。

謝鏡辭若在平日裡這般撩撥，或許進行到這裡，她已經不再是欺身在上的那一個。

然而裴渡傷病在身，仍未恢復氣力，連伸手都難，更別說將她牢牢壓制，反客為主。

他嘗試動了動手指，眼底更渾更暗，即便周身劇痛，也還是滋生出逾矩的念頭，忽然聽見謝小姐又道：「裴渡，話本裡有沒有教你這樣？」

於是暗色消退，裴渡怔然抬眸。

她不由分說地靠近，薄唇在喉結稍稍一碰，旋即越發向下。

拂過頸窩與精緻的鎖骨，謝鏡辭來到纏繞著傷口的繃帶。

她的親吻好似蜻蜓點水，不敢用太過力氣，自胸口一點點往下，隔著繃帶，掠過他的傷疤。

輕柔得像是一道風，幾乎無法察覺，只留下淡淡的癢。

他從未被人這樣珍惜，下意識覺得喉間一哽，低聲告訴她：「謝小姐……那裡很髒。」

有些繃帶上凝固著猩紅的血，散發出鐵鏽與藥的苦味，繚繞在她鼻尖。

謝鏡辭沒出聲。

紅唇向下，本就凌散的衣襟便也隨之一點點敞開，讓他想起被剝開的果實。

裴渡被這個念頭灼得識海發燙。

裡衣向兩側滑落，逐一露出少年劍修的脖頸、肩頭，以及精壯修長的上臂。

她最終吻上小腹，停在肚臍上方的位置，在繃帶上輕輕一啄。

「對不起啊。」謝鏡辭抬頭，捏一捏他的臉，力道仍是很輕：「之前用手按在這邊，你一定很難受。我有沒有弄疼你？」

她在為之前的任務道歉。

無論是任務中，還是後來的親吻耳朵，她始終小心翼翼同裴渡的身體隔開距離，儘量不去觸碰傷口。

被捏過的臉殘留著溫熱觸感，裴渡少有地體會到，自己似乎……在被某個人寵著。

那個人還是他追逐了許久的謝小姐。

「藺缺前輩的藥很有用，過不了多久，你應該就能下床了。等到時候，我們就去找裴風南討個說法，恢復你的名聲。」她眼角眉梢盡是笑意，又揉了揉裴渡臉頰：「我們家渡渡是整個修真界最有天分的劍修，誰都不能說你壞話。」

我們家渡渡。

心靜悄悄地化開，他微微側過頭，唇角溢出一抹笑。

謝小姐定是察覺了這絲弧度，笑意更深，身子向前靠一些：「不對，我記得你自己選過稱呼，是什麼來著——『渡渡哥哥』？」

明明是「裴渡哥哥」，被她這樣一改，平添莫名的曖昧。

心裡的糖漿徐徐往外湧，裴渡唇邊的弧度止不住，本欲開口，忽然渾身一頓。

謝鏡辭亦是愣住。

陽光讓一切都無法掩藏。

在陡然降臨的死寂裡，謝鏡辭無聲低頭，感受到身後熾熱的燙。

積累在識海中的許多知識一股腦往上湧，她後知後覺意識到，自己方才一番動作，的確太過越界了。

裴渡：「……」

裴渡羞愧欲死，努力把床單往上拉，音量低不可聞：「謝小姐……對不起。」

他之前只覺渾身上下都是熱的，腦袋裡一片空白，後來又被謝小姐吸引了全部注意力，緊張得絲毫不敢分心，哪會顧得上太多。

若是夜裡做夢也就罷了，可它怎能出現在這種時候，被謝小姐知道他如此猛浪，他哪裡還有臉面再去見她。

他完了。

「那個，」謝鏡辭雖然接受過豐富的知識科普，卻也是頭一回遇上這種情況，不敢再胡亂動彈，心裡一急，匆匆問了句，「需要我幫忙嗎？」

裴渡氣息更亂：「不用。」

「那，」謝鏡辭小心翼翼，「我出去？」

他這才用力點頭，唇色慘白。

「其實沒關係，你不用太害羞。」

裴渡臉上的紅整個爆開，她不願讓他太過難堪，一邊替他整理好前襟，一邊在情急之下正色安慰：「反正以後總會見到，今日就當——」

謝鏡辭：「……」

救命啊她在說什麼！

第十二章　小野貓

謝鏡辭看似鎮定，實則手忙腳亂出了房間，等房門掩上，用手背摸一摸側臉，才發覺面頰早已熱得發燙。

裴渡作為男子，一旦動了情，身體反應是情理之中的事情。她做好了心裡準備，可當時乍一觸到那團熾熱，還是不由感到大腦空白，不知如何回應。

不過……比起她，裴渡應該更羞愧緊張。

他們兩人半斤八兩，在情之一字上都是毫無經驗的新手，謝鏡辭關門轉身，忽然有了一絲隱隱的危機感：到時候洞房花燭夜，以裴渡那樣的狀態，當真沒事嗎？

謝鏡辭：「……」

謝鏡辭默了一瞬，拿拳頭狠狠捶自己腦袋。

她成天到晚都在想什麼奇怪的東西啊！

所幸房外無人，不會有人見到她滿臉通紅的模樣。謝鏡辭放心不下，又向身後看了一眼，可惜木門緊閉，見不到房間裡的景象。

聽說在這種情況下，倘若得不到及時舒解，當事人會覺得很難受……裴渡應該還好吧？

希望人沒事。

事實上，裴渡並不怎麼好。

床邊尚且留存著謝小姐的淡淡香氣，風是冷的，朝小腹下湧動的暗流卻是滾燙的。

他身體難受，心中更是不知所措，只能把整個身子縮進被褥，悄悄摸了摸小腹。

這是方才被謝小姐吻過的地方。

少年因這個念頭勾起唇角，拇指在繃帶上輕輕按壓。

絲絲縷縷的癢與痛無聲生長，蔓延至四肢百骸，他覺得羞恥，卻也樂在其中。

能與謝小姐親近，是他期盼了許多年的願望，如今心願成真，裴渡無論如何也沒想到，她竟會如此……

如此親暱地對他。

這樣的親暱太濃太熾熱，遠遠超出他的預料，滿腔蜜意來得猝不及防，讓孑然多年的少年全然沒辦法招架。

面上的桃花色愈紅，在伸手不見五指的黑暗裡，裴渡笑意更濃。氣息融散在周身的滾燙熱度，他喉音低啞，微不可聞，噙了淺淺的笑：「……謝小姐。」

多虧藺缺醫術高明，裴渡在淩水村修養五日，傷勢便已好了大半，能下床行動自如。

當一切塵埃落定，接下來最重要的，便是將白婉的所作所為公之於眾，還裴渡清白。

其中首先要見的，就是裴風南。

「自從裴鈺被關進仙盟大牢，裴風南就與白婉生了隔閡，很少回家。」

謝疏財大氣粗，為犒勞一行小輩，特地動用了府邸裡的仙舟前來接送。仙舟的派頭遠比馭劍飛行大得多，舟從天際來，勢可吞日月，當靈壓一層層平鋪蕩開，把村民們震得目瞪口呆。

裴風南許久不在家中，聽說先去南海除了魔，又到崇山降了妖，如今趕往雲京，正與一眾修真界長老商議大事。

莫霄陽還是頭一回坐上仙舟，趴在窗前左顧右盼，聞言轉過頭：「什麼大事？」

「尋仙會啊！」謝疏往嘴裡送了顆葡萄，耐著性子解釋：「尋仙會乃是修真界十年一度的盛事，雲京作為主辦場地，會舉辦花會、詩會和武鬥會——其中最讓人津津樂道的，便是最後這一項武鬥大會。」

莫霄陽是個戰鬥狂人，「哇哦」一聲瞬圓眼睛。

「和問道會那些花裡胡俏的規則不同，既是鬥武，那便只需開個擂臺，讓所有人逐一決出勝負。協作與智謀都無需看重，真刀真槍地打就行。」謝疏一撫掌：「正好你們閒著，不如也去試試？」

莫霄陽瘋狂點頭。

謝鏡辭在一旁剝葡萄吃，順勢把手往上一抬，伸到裴渡嘴邊，沒想到在同一時間，自己眼前也出現了顆被剝好的葡萄。

他們居然同時給對方遞了一顆。

她下意識抿唇發笑，旋即紅唇微張，將圓潤的果實含入口中：「裴渡，你想不想參加？」

說老實話，謝鏡辭對此興趣很大。

在學宮時，她就時常與同齡人們比試，無一例外每年都是頭名，也無一例外地，每年都在期待與裴渡的較量。

把裴渡救出鬼塚後，他們兩人雖然偶有切磋，但都是點到即止，算不上多麼認真。如果是在這種萬人矚目的盛會上，一旦能與他交手，二人必然都會全力以赴。

她的刀對上裴渡的劍，想想就令人興奮。

裴渡張嘴吃下她遞來的葡萄，動作生澀且小心，像在對待某種珍貴至極的寶物，舌尖輕輕一觸：「嗯。」

「那就說好了，到時候我們一起參加。」謝鏡辭在桌下悄悄戳他手背：「如果在擂臺遇上，不要放水哦。」

除了未婚夫妻這一層身分，他們亦是修士。

二人都是修真界名聲大噪的天才，即便不曾表露，心中難免有凌雲的自尊與傲氣。唯有全力以赴，才是對彼此最大的尊重。

裴渡點頭，手心又被她輕輕撓了一下。

他十足敏感，被癢得氣息驟亂，用傳音入密道：「謝小姐……我們在外面。」

周圍盡是前輩與夥伴，他們兩人看似規矩，卻在圓桌下做出這種動作，讓他情不自禁耳根發熱。

不愧是正經人。

謝鏡辭壓下唇邊的笑，也用傳音回答：「怎麼了？」

裴渡用空出的一隻手抵住下巴，下頜緊繃。

謝小姐……用膝蓋碰了下他的腿。

然後又蹭了蹭。

「小渡，你和辭辭應該也會去吧？以你們兩人的實力，說不定能爭個同段的魁首。」那邊的謝疏還在道：「尋仙會很公平，將每個大境界分了組。你們得了歸元仙府裡的靈力，又在琅琊有過歷練，修為必然不低。」

他說罷一怔，遲疑著補充：「你的臉怎麼這麼紅？還在生病嗎？」

「真的。」謝鏡辭又用指尖撓了撓他，側頭一望，語氣裡滿是促狹的笑：「身體仍不舒服嗎？」

她玩得愜意，一眼就能見到裴渡發紅的耳廓，指尖輕輕一動，拂過他因握劍生出的繭。

少年的手掌較她寬大許多，摸起來溫熱綿軟，謝鏡辭本想繼續往上，呼吸卻陡然一僵——

裴渡不由分說地用力，一舉將她的五指禁錮，反手一按，壓在他大腿上。

她嘗試著動了動，沒辦法掙脫。

「歇息片刻便是，前輩無需擔憂。」他這回的語氣倒是平和，只有謝鏡辭聽出一點做賊心虛般的拘謹：「我與謝小姐會參加。」

裴渡說得認真，殊不知在另外四人的識海裡，早已掀起隱祕的狂風駭浪。

「我的天！我剛剛察覺辭辭神色不對勁，悄悄往他們那邊看了一眼——猜我看到了什麼？」

孟小汀連通了雲朝顏、謝疏與莫霄陽識海，瘋狂往嘴裡塞點心，從而掩蓋嘴角瘋狂上揚的弧度：「裴渡把她的手握在掌心，辭辭想掙開，可他偏不讓。天哪，我要昏過去了！」

莫霄陽假裝朝著窗外看風景，心裡早就連連叫好：「看不出來，裴渡外表溫雅，內裡卻如此狂野，厲害厲害！」

謝疏的元嬰小人起立鼓掌：「夠霸道，我輩楷模！」

「男人不壞，女人不愛。」雲朝顏滿臉欣慰：「小渡長大了。」

「夫人，妳中意這種類型？」謝疏像狗狗一樣湊近，刻意壓低聲音：「要不今晚，我也……」

莫霄陽與孟小汀皆是瞳仁一縮。

前輩，你忘了切掉他們兩個小輩的神識！

飛舟抵達雲京，已是傍晚時分。

緋色霞光，與城中燈火遙相輝映。四處盡是朦朧飄渺的光暈，笑聲、談話聲與叫賣聲不絕於耳，與幾日前命懸一線的絕境相比，祥和得有如仙境。

謝疏在前帶路，嘴皮子仍是停不下來：「本來我和妳娘也應當參加今日的會議，商量開辦尋仙會的事宜，不過時候這麼晚，他們應該快結束了。」

與眾多德高望重的前輩不同，謝疏生性肆意瀟灑，最厭煩此等勞心勞力的繁雜之事，對於自己在修真界裡的名聲與地位，也從來不怎麼在意。

對於大多數人來說，若能加入今日的會議，那定是生涯中屈指可數的殊榮，他卻因為要送女兒回雲京，便與其失之交臂。

這讓謝鏡辭不可避免地想到裴風南。

他同樣是鼎鼎大名的正派前輩，要說降妖除魔的事，其實也做得不少，但歸根究底，那人與謝疏截然不同。

降妖除魔，是為了鞏固聲譽。

他從不會像謝疏那般，自行前往偏僻窮苦的山村小地，替平民百姓誅殺為禍一方的妖物。身為裴家家主，能讓裴風南出面的，唯有震驚天下的大亂。

要說收留裴渡，是為了他的那張臉，以及天生的劍骨。

他並非十惡不赦之人，但比起真正的「善」，更在意自己的地位與名聲。

此行終點，是雲京城中最高的觀月樓。

觀月樓四面玲瓏，琉璃瓦悄然映燈紅。此時會議剛散，能見到幾抹馭器而去的白光，看門守衛識出謝疏身分，側身讓出道路。

「已經有人離開了。」莫霄陽跟在最後，抬眼瞥向窗外：「裴風南還會在裡面嗎？」

「他那人的性子，我熟得很。」謝疏嘿嘿一笑：「雖然每次都提不出有用的建議，但畢竟是正道大能嘛，為顯盡心竭力，總得留到最後。」

他所言果真不假，當一行人穿過深深長廊，來到最裡側的廂房，謝鏡辭一眼就見到裴風南。

與上次見面相比，他肉眼可見地滄桑了許多，立在另外幾名意氣風發的長老身邊，像是好心人結伴探望孤寡老人。

許是聽見腳步聲，裴風南猝然側目，兀地皺眉：「阿婉？」

謝鏡辭默然不語，看向身旁立著的女人。

白婉頓感如芒刺在背。

她今日定然完蛋了。

被他們握住那般不堪的線索，她本打算等靈力恢復一些，便拼死反抗、痛下殺手，將這群不知天高地厚的小輩連帶那些祕密一併埋葬，然而天不遂人願，謝疏和雲朝顏來了。

他們活了百年，怎會不清楚白婉心裡的小算盤，從頭到尾都沒放鬆過監管。白婉就算想逃，也根本無路可躲，只能跟著乖乖來見裴風南。

裴風南神色肅然，將不請自來的幾人打量一番，最終把視線落在白婉臉上：「妳不是兩個時辰前才來信，說自己在家中靜養？突然來雲京做什麼？」

「白夫人兩個時辰前，可不在裴府。」謝疏懶洋洋插話，自帶一分不容置喙的氣勢：「要不我們找個地方，好好聊聊？」

他雖然做事隨性，但也心知留影石上的內容足以讓裴府身敗名裂，因而存著一絲道德，想給裴風南留出些許接受現實冷靜思考的時間，不那麼早讓他社會性死亡，之後再把留影石公之於眾。

然而話音方落，身側的雲朝顏便冷聲開口：「不用找個地方，我看這裡就很不錯。」

開玩笑，裴家那對夫婦一個真小人一個偽君子，當初在鬼塚差點要了裴渡的命，還想讓她留面子？

想得倒挺美。

白婉一口氣沒接上來，看她的眼神像要殺人。

「尊夫人幾日前便離開裴家，前往東海的琅琊祕境，臥房裡放著的不過是個傀儡假人——裴道友不會一概不知吧？」不等裴風南震驚答話，雲朝顏繼續道：「還有件事你定然不知，白婉在琅琊祕境行刺這群孩子，欲將他們置於死地，只可惜技不如人，反被他們制服了。」

她這一番話下來，不僅裴風南，在場幾位長老紛紛露出驚訝之色，看向白婉。

白婉咬牙，低頭避開視線。

她此刻恨不得死。

「我夫人行刺？」裴風南皺眉：「雲道友可是親眼所見？」

要說他對白婉完全沒有感情，那定然是假話，但以裴風南的性子，面對這麼多人直勾勾的視線，絕不能對她生出半點憐憫與袒護之情。鐵面無私，這才是正道大能應有的做派。

「道友可是想要證據？」謝疏笑笑：「在他們出發前往東海之前，我為每人都設了道劍心決，以我劍中之靈時時相護。如今召我劍靈出來，能在它體內找到尊夫人未散的靈力——裴道友想看看嗎？」

謝鏡辭猛地抬頭。

劍心決，乃是化神以上的劍修祕術，能以劍靈充當護盾，倘若攜帶之人受到致命傷，能為其抵消死劫，並把施咒的劍修傳送到身邊。

這件事莫說白婉，就連她也不知道。

難怪裴渡接了白婉那一擊，居然還能保持那麼久的清醒，想來與劍心決脫不了干係。

「妳不是一直嫌我和妳娘管得太多嗎，說什麼長大了能把事情處理好，不要我們時時刻刻跟在身邊。」謝疏察覺她的啞然，撓頭笑笑：「就，還是挺有用的嘛哈哈。」

「除卻劍靈，我們還有另一個證據。」雲朝顏右手微動，現出一顆圓潤留影石，倏然抬了眼，看向在場一名白髮白衫的俊雅青年：「流雲真君，你不妨細細看看。」

原來那就是流雲真君。

謝鏡辭聽聞過這位大能的名頭，如今得以一見，只覺肅肅如松下風，好似流雲映月，自有一派風骨。

白婉脊背一抖，連聲「師尊」也叫不出，滿心惶恐無處宣洩，堵在臉上，生出滾燙的火。

雲朝顏的動作毫不拖泥帶水，不消多時，便有影像浮於半空。

流雲真君的臉色越來越白。

周遭安靜得落針可聞，當聽見那句「化灰灑落江中」，白衣青年靈力暴起，驟然湧向白婉身前！

「師、師尊。」流雲真君未下殺手，靈力奔湧，浮在半空。她面色慘白如紙，沒有多餘氣力去擋，聲音顫抖不已：「我、我知道錯了，那時我年紀尚小，什麼也不明白……我們做了這麼多年師徒，我心性已改，早就明白是我不該！」

身側一名長老小聲道：「真君心平氣和，心平氣和，你要是動手，這觀月閣就完了。」

青年沒應答。

他是出了名的鐵面無私，如今卻遭到當頭一棒，得知關門弟子是個心性險惡之輩，那麼多年的教誨，頃刻之間全成了笑話。

就連之後白婉進入琅琊行刺，這般想來，竟也是得益於他所教授的功法，無異於助紂為虐。

畢生所學傳給這樣一個人面獸心之徒，他怎能心平氣和！

另一名長老看熱鬧不嫌事大，嘻嘻一笑：「還沒完，接著看。」

第二段、第三段回憶結束，輪到裴風南成了面無血色的紙人。

他雖是因為白婉長了與髮妻相似的臉，才對她一見鍾情，但一見鍾情，那也是「情」。

身為裴家當之無愧的主人，他一直以為自己將這個女人牢牢制在手中，沒想到連最初的相遇……都是她謀劃的？

他心神巨震。

更不用說在下一段影像裡，清清楚楚記錄了她與裴鈺是如何交談，費盡心思整垮裴渡。

自從裴鈺在歸元仙府做出那等人神共憤之事，他便有所懷疑，思忖著當日在鬼塚裡的貓膩。

但他不敢細想。

如果裴渡真是無辜的，將那孩子打落深淵的裴風南，便成了罪人。

他可以做錯，但他不能知道。

一旦真相被戳破，他就再也不是毫無汙點的正派魁首。無論事實如何，裴風南都只想相信自己願意相信的事情。

然而如今這幅畫面，卻在硬生生把巴掌往他臉上打。

還是當著諸多同僚與幾個小輩的面。

第三段影像結束，雲朝顏便停了靈力，準備將留影石收回。

那位看熱鬧不嫌事大的長老向前一探：「雲道友，這石頭尚有光彩，理應還有內容。」

這個活了千歲的老前輩，平日裡最愛插科打諢，沒個正形。

雲朝顏聞言一頓：「餘下的內容，恐怕有損裴道友聲望，不如私下解決。」

豢養美少年算不得多麼十惡不赦的大罪，她還沒惡趣味到當眾宣傳，全當善心大發。

沒想到裴風南立刻接話：「無礙，繼續便是。」

他問心無愧，不可能名聲受損。

雲朝顏有意隱瞞，反而會讓在場其他人生出懷疑，到那時候，他就很難解釋得清。

雲朝顏狐疑看他：「你確定？」

於是留影石上畫面繼續。

眾人一起陷入死寂，裴風南的雙眼失去光彩，終於明白什麼叫「搬起石頭砸自己的腳」。

沉默，是今晚的康橋。

老前輩：「哇哦。」

「妳這、妳這……！」裴風南怒氣上湧，劍氣直指：「不知廉恥！」

「不知廉恥？你說我不知廉恥？」白婉心知走投無路，乾脆和裴鈺一樣破罐子破摔：「先看看你自己吧！因為我和髮妻長相相似便與我結為道侶，你愛她，那我呢，我算什麼？一個替身？」

她哈哈一笑，眼裡有了幾分癲狂的味道：「你說我陷害裴渡，分明自己也不是什麼好人！當初把他帶回家，是誰說要把他養成裴家的劍，你不過是想要條忠心耿耿的狗！裴鈺怕你，明川懼你，裴渡倒是曾對你心存感激，你是怎麼對他的？知道修真界裡的其他人都怎麼看你嗎？偽君子！」

謝鏡辭皺眉，感受到身旁少年長睫一顫，輕輕握住他的手。

「我——」

她所說句句屬實，裴風南無法反駁。

他曾以為自己有個溫婉賢良的妻子，結果是個將他當作搖錢樹的毒婦。

他曾以為裴府高不可攀，結果卻是個人心散盡、骯髒不堪的泥沼。

可憐可笑，他一生高高在上，事到如今卻是個徹頭徹尾的笑話，環顧身邊，才發現一個人也沒留下。

事情怎會變成這樣？今後這個修真界……會如何看他？

謝鏡辭靜靜看他沉著的外殼碎去，蒙上無措與茫然，嗓音極冷：「前輩，既然已經知道真相，你是不是忘了一件事？」

裴風南沉默片刻。

再開口時，他的聲音沙啞許多，雙目混濁，目光落在裴渡身上：「當日……是我錯了。抱歉。」

白婉說得沒錯，在那三個孩子裡，只有裴渡不怕他。

他從來不過生辰，因而很少有人記得，在裴渡進入府中的第二年，曾給他做過一碗長壽麵。

男孩眼底是拘謹的期待，低頭攥緊衣衫，可他當時是怎麼做的？

裴風南面無表情地拂袖：「浪費時間，去練劍！」

而今他家破人亡，淪為天下人的笑柄，連向裴渡道歉、求他回來的勇氣都沒有。

名聲與家人，他什麼沒剩。

謝疏道：「我們會將這段影像告知天下，至於白夫人，交給仙盟處置不過分吧？」

『真可憐啊，裴風南。』系統的聲音來得猝不及防，饒是它也在看熱鬧：『事情都快結束了，有個好消息，只剩下最後一個人設，位面就能修復完成。』

謝鏡辭悄聲應它：「什麼人設？」

系統嗯哼一聲：『馬上就來。不過在那之前，妳得完成這個設定的最後一項任務。』

她把神識往下一瞟，挑了挑眉。

她悟了。

作為大小姐，除了惡毒，最突出的特質是什麼。

有錢啊！

那作為一個有錢人，除了使壞，最擅長做的是什麼。

甩錢啊！

哪個惡毒女二沒仗勢欺人過，哪個讓人恨得牙癢癢的有錢人，沒趾高氣昂拿出一張支票，說出那句經典臺詞。

正合她意，系統終於幹了回人事，面對裴風南這種人，惡毒就惡毒吧。

「前輩撫養裴渡十年，必然花費了不少財力。」四下俱靜，謝鏡辭上前一步，與裴風南對視：「他準備了這個，托我交給前輩。今日一別，便當兩不相欠吧。」

眾目睽睽之下，一頁紙片被緩緩前推，來到裴風南面前。

那是一張嶄新的銀票，伴隨著少女清凌決絕的聲音，毫不留情：「一百萬，離開裴渡。」

裴渡眸光微動。

他對此事並不知情，謝小姐卻說受了他的囑託。她時刻小心翼翼，在眾人面前維護他曾被輕視的自尊。

……他的心倏地就軟下來。

裴風南默然而立，良久，喉間發出一聲低笑。

他習慣將所有人看作附庸，直至眾叛親離，才終於知曉其中苦痛。

除了一把劍，一棟宅子，荒唐的名聲，他還剩下什麼？

剎間靈力驟起，風聲呼嘯，但見一道白絲蔓延如縷，裴風南竟吐出一口鮮血，一瞬白髮！

「不好。」紊亂的靈力四處衝撞，其中一位長老蹙眉掐訣：「裴道友道心已亂……還請諸位助我護法。」

「謝小姐出手真大方啊。」莫霄陽後退一步，避開橫衝直撞的狂風，目瞪口呆：「一百萬靈石，能夠我活幾輩子了。」

孟小汀瞥他一眼，恨鐵不成鋼：「你不懂，那叫踐踏裴風南的尊嚴，讓他再也沒臉纏著裴渡，從此劃清界限——之前在裴府，他不是一直想讓裴渡回去嗎？」

原來這就是神奇的修真界！

莫霄陽懵懵點頭。

真希望全世界都能像這樣輕視他的尊嚴。富有的漂亮姐姐們，快來踐踏他吧！

修真界炸了。

裴府事變一朝傳出，修士們看熱鬧看得不亦樂乎，無論誰聽罷來龍去脈，都不得不大呼一聲厲害。

早在許久之前，就有人懷疑鬼塚的異變與白婉脫不了干係，只可惜彼時線索全無，哪怕心有所感，也只能匆匆作罷。

如今不但此事真相大白，居然還牽引出了更多意想不到的新仇舊恨，有如滔天巨雷，一道接著一道發出驚天轟響。

覺得「白婉刻意接近裴風南，將其看作撈錢工具」一事不夠刺激？那不妨看看她殘害同門，處心積慮成為流雲真君關門弟子的影像。

若是覺得還不盡興，那便瞧一瞧裴風南頭頂的那片綠，真真可謂滿園春色關不住，一樹綠枝出牆來。

白婉至此身敗名裂，得知當年真相的流雲真君怒不可遏，按照師門規矩，將親自剝去她的仙骨，給多年前枉死的女孩一個交代。

至於之後，便是將其送入仙盟，等待處置。

無論如何，白婉與裴鈺這對母子，總算能在仙盟牢房裡團聚了。

與白婉相比，裴風南的境遇要好上一點，但也僅僅是一點點。短短數日，昔日高高在上的戰神落了個妻離子散的下場，修真界裡無人不在嘲笑他的虛偽冷情，如同在看一樁笑話。

於是觀月閣中靈力大亂，裴風南道心受損、修為大傷，幸虧有一眾長老貼身護法，才不至於被心魔所困。自那以後，他便宣布閉關修煉，再未露面。

偌大裴府，如今竟只剩下膽小怯懦、修為低弱的裴明川。他本就沒什麼能耐，習慣了衣來伸手飯來張口的少爺生活，猝不及防被推上代理家主之位，整個人都是懵的。

雖然無人點明，但所有人都心知肚明：被交到這樣一個敗家子手中，原本不可一世的裴家澈底完了。

裴府今後會變成什麼樣，謝鏡辭並不關心，於她而言，現下的頭等大事，是十年一度的尋仙會。

尋仙會分為花會、詩會與武鬥會，其中最萬眾矚目、但也最讓人不省心的，便是最後一項武鬥會。

修真界以強者為尊，大多修士崇武好鬥，若是能同來自五湖四海的高手比試一番，必然求之不得。然而練氣、築基也就罷了，倘若遇上元嬰、化神的修士打擂，靈力浩浩蕩蕩，稍有不慎，能毀掉半個雲京。

在以往，通常是讓比試的修士們進入一方小天地，與雲京城澈底隔絕。但大能的威壓何其驚人，有時一天擂臺打下來，能震毀十多個小天地。

更何況尋仙會的宗旨雖是「點到即止，以武會友」，奈何時常有人殺紅了眼停不下手，一來二去，鬧出人命、身受重傷的例子屢見不鮮。

於是今年的尋仙會改了規則，同問道大會一般啟用玄武境。

玄武境不涉及生死，修士之間能進行真正意義上的死鬥，加之幻境牢固、不會被輕易破壞，所有人都能毫無顧慮全力以赴，戰鬥更酣暢淋漓，也更有觀賞性。

尋仙會採取一對一淘汰制，抽籤決定第一輪對手。謝鏡辭拿著手中木籤，短暫地陷入沉默。

「我對的是……施旖？這是誰？」莫霄陽對修真界裡的青年才俊一概不知，撓頭看她：「謝小姐，妳抽中誰？」

一旁的孟小汀同樣好奇，朝這邊投來視線，謝鏡辭默然一頓，抬手亮出木籤上的字。

孟小汀雙眼睜圓，剛要逐字念出那個名字，便聽到一聲喜出望外的嗓音：「謝小姐！籤上說我們會在第一輪遇上！」

能興奮成這副模樣的人，只有一個。

——即便在玄武境裡，龍逍身邊也跟著一大群朋友。他身形頎長健碩，五官深邃銳利、鋒芒畢露，黑眸裡映了亮色，在烏壓壓的一行人中格外突出。

此人是個不折不扣的戰鬥狂人，最愛和強者單挑，在雲京的一干世家子弟裡，修為名列前茅。

謝鏡辭是他最滿意的對手，自前者昏迷不醒長達整整一年，兩人已經很久沒正式交手過。

這只是讓他感到高興的其中一個理由。

最最重要的是，若是謝鏡辭的場子，孟小姐一定會在旁側從頭到尾看完！

龍逍虛空做了兩個握拳的動作，抿唇遮掩情不自禁的弧度。

如果是他和別人相爭，孟小姐一定不會投來眼神，唯有撞見謝鏡辭，能讓她生出些許興趣。

雖然她一定想著讓他輸。

但是這沒關係！如果他贏了，孟小姐就能對他從此改觀，說不定還會生出一點點的欣賞和崇拜；若他輸了，那也算是憑藉一己之力，為孟小姐帶去了快樂。

龍逍對勝負虛名不感興趣，唯一樂在其中的，是生死攸關之際酣暢淋漓的廝殺感，因而思來想去，腦子裡只剩下一個念頭：

好耶！他好賺！穩賺不賠，快樂雙倍，尋仙會萬歲！

只要一想到能在心上人面前好好表現，心頭便像被螞蟻用力啄了啄，期待之餘，更多是酸酸澀澀的緊張。

識海裡的元嬰小人安詳升天，滿面春風肆意徜徉，龍逍努力止住笑意，正色道：「我會全力以赴。」

謝鏡辭:「……」

麻煩你在說這麼認真的話之前,先把嘴角上揚的弧度收一收啊老兄!

她對此人的小心思瞭若指掌,心下不由嘖嘖搖頭。

龍逍公子是雲京城首屈一指的體修,遇到打鬥冒險,往往是衝在頭一個。他不怕死也不怕痛,唯獨面對孟小汀,慫得像隻剛破殼的小雞,唯恐驚擾她分毫。

……裴渡似乎也是這樣。

這群所謂的少年天才算是學傻了。

她想著一哂,拿手指戳一戳裴渡胳膊:「你的對手是誰?」

「劍宗夏嘆塵。」他緩聲應答,末了抬眸,回答莫霄陽之前的疑問:「施旖乃是留音門弟子,修箜篌。」

他們都已入了元嬰境界,此番遇上的對手,無一例外皆是頗有名氣的強者。

修真界萬千流派,劍修、刀修、法修、樂修、體修,乃至他們見過的傀儡師與蠱師,盡是百家爭鳴。沒有哪種法門能一枝獨秀,待得修為精進,他們所見識的世界也就更大、更遼闊。

至於此次尋仙會,萬千流派彙聚於雲京一城,江河湖泊滔滔不絕,終究落在同一片海洋之中。

謝鏡辭抿唇，捏緊手中冰涼的木籤。

她已經迫不及待，想要好好闖一闖大海汪洋了。

玄武境內，貳之道。

「第二場，龍逍對謝鏡辭——」鐘鳴響徹，悠悠蕩蕩，迴旋不絕。幻境之中有雨徐然落下，攜來一聲雄渾男音：「起。」

謝鏡辭眸光一動。

此地是為她與龍逍設下的擂臺。

玄武境脫離了現實中的諸多限制，場景與天氣全盤隨機，如今她正立於一片竹林，放眼望去滿目清幽。

一滴春雨無聲滑落，映出竹葉蜿蜒脈絡，欲滴的翠意泫然晃動，忽而雨滴輕顫，墜入泥土之中。

滴答。

不遠處的龍逍與她相視而立，眉宇凌厲，隱有戰意。

兩人皆無動作，卻自有靈力引出徐徐風動，竹枝輕響。

「謝小姐。」龍逍揚唇一笑：「請多指教。」

他話音尚未落地，下一瞬，便是疾風驟起！

體修是極為特殊的一類修士，不借助刀劍樂器等外物，而是鍛體為器，骨血皆能成兵，所向披靡。

既是鍛體，速度必然遠超常人。

謝鏡辭曾與龍逍切磋多次，對他的身法很熟悉，如今多日不見，竟有些摸不清竹林裡行蹤不定的軌跡。

靈力騰湧如刀，不過堪堪拂過林葉，便是殘枝盡斷、滿林摧折，雨簾斜斜下落，亦被轟然擊破，碎作淋淋齏粉。

「好快！」看客席上的孟小汀不由驚呼：「那是靈力嗎？簡直像快刀！」

與龍逍一樣，莫霄陽也是個不折不扣的戰鬥狂人，看得合不攏嘴：「厲害厲害！真想和他比一場！」

他們看得全神貫注，身後看客亦是議論連連：「你們說，此戰誰能取勝？」

此二人皆乃名滿四海的少年才俊，勢均力敵的較量最是扣人心弦。不知是誰應了句：

「謝鏡辭雖然實力極強，但一年前出了那擋子事，只怕修為大損，撞上龍逍，應該占不了太大優勢。」

「那倒不一定。」另一人猝然笑笑：「謝鏡辭能在問道大會奪得頭名，定然不是草包。更何況她還得了歸元仙府裡的祕藏，修為大大精進，如今究竟是什麼水準，誰也說不上來。」

當初聽聞她識海受創、昏迷不醒，幾乎所有人都下意識認定，謝鏡辭算是完了。

但她非但沒完，還在醒後不久贏下問道大比，緊接著便是歸元仙府破除心魔、查明雲京城失蹤之謎、解決東海蠱師之禍，每一件事拎出來，都是常人望塵莫及的大功。

「龍家世代修習體術，龍逍更是不可多得的天才。」裴渡道：「不過……謝小姐想贏他，應該不成問題。」

莫霄陽好奇：「為什麼？」

他原以為能聽見長篇大論的分析，沒想到身側的少年修士不過抿唇一笑，言簡意賅：「謝小姐很強。」

莫霄陽：「……」

這種時候也能被強曬一把恩愛，他是萬萬沒想到的。

「不過啊，如果是這種一對一淘汰、一路打上去的規則——」孟小汀嘿嘿笑：「裴公子和辭辭，應當會遇上吧？」

打從學宮起，謝鏡辭就與他勢均力敵，對裴渡格外在意，此次撞上這種萬眾矚目的盛會，兩人必定都會竭盡全力、認真相待。

她已經迫不及待想要看看那時的情景了。

擂臺之上，疾風仍舊未消。

龍逍掌風似刃，裹挾奔雷之勢速速襲來。既然身形快得只剩下殘影，那便用神識感受他的氣息。

元嬰期的神識驟然鋪開，每一處角落皆如畫卷般徐然展開，雨滴、樹葉、泥濘的土地都在此刻有了輪廓，謝鏡辭觸碰到風聲呼嘯，手中長刀兀地一震——正是此處！

鬼哭上揚，甫一出鞘，便爆開勢不可擋的凜然殺氣，暗紅薄光好似鮮血，斬斷層疊雨幕與掌風，於身側猛然一劈！

霎時金光大作，殘影彙聚出一道修長身影，風聲簌簌，帶來龍逍的輕笑。

「打中了！」孟小汀屏住呼吸：「但是……龍逍他用了金身訣！」

謝鏡辭反應快，龍逍亦是如此。

他的進攻雖然迅猛，卻也不敢輕敵，時時留了後手，在鬼哭襲來的瞬間默念法訣，於身前凝出屏障。

謝鏡辭眼底溢出淺笑。

在對決一事上，龍逍一直是不會讓人感到無聊的對手。

於是刀光再起，掌風倏動。

龍逍周身盡是凶戾難當的靈氣，越是近身，越會被鋪天蓋地的巨力壓制。謝鏡辭並未後退，而是以刀風傍身，兩股力道相撞，絞碎的雨風，錚然輕響連綿不絕。

兩人出招愈來愈快。

起初只是令人目不暇給，很快成了難以捕捉的虛影，只能見到漫天雨幕聚了又散，竹葉紛飛，蕩開如霞般的金光與緋色。

「不得了。」身後有修士撫鬚低嘆：「謝鏡辭受傷耽誤整整一年，尚能擁有此等修為，若她當年平安無事，只怕殺招會更烈。」

「幸虧這是在玄武境。」莫霄陽呆呆感嘆：「若在外邊，這四面八方的竹林，恐怕都要被削禿，啊不，連根拔起了。」

「龍逍平日裡看起來沒個正形，沒想到打起架來這麼凶。」孟小汀拿手托著腮幫子，忽然雙眼圓睜：「你們快看，他打算出殺招！」

旁人看不出來，她同樣身為體修，也琢磨過一些對決時的套路。

龍逍竟然同她想到一塊兒去了。

先用突襲打敵方一個措手不及，等對方習慣這種節奏，再順勢佯攻一處，旋即聚力出手——

但見金光更濃，恍如秋月臨空、蟾宮映雪，千鈞巨力匯於一掌，向謝鏡辭襲去！

自己的身體，無論如何都比外物用得順手。

龍逍確信，在轉變攻勢一事上，無人能快得過他。

謝鏡辭躲不開。

事實上，她也沒打算躲。

鬼哭再起，緋色刀光流瀉，在他尚未發覺的時候，謝鏡辭竟已蓄滿靈力，盡數聚於刀鋒——

原來她早做了準備，他以為的出其不意……實則是她的守株待兔！

滿林靈力淌動如漩渦流水，雨絲因相撞的力道轟然散開。

毫無預兆的掌風來勢洶洶，龍逍下手極重，沒料到她會不要命似的接下這一擊，頓時心下一急，凝出一道金光罩，試圖擋住重重刀光。

他有心防禦，謝鏡辭卻是將全身力道聚在刀尖，黑眸被鬼哭映得血紅。

一如皎月清輝，一如熾然驕陽。

零散的刀意擾亂清風，又因這一擊渾然凝聚。掌風攜來的金光固然澄澈如月，然而泠泠月影，怎能摒退凌然朝色。

勝負只在一念之間。

看客席中鴉雀無聲，四下俱靜。

一縷青竹落，漫天雨色間，恍然有驕陽當空。

旋即轟然聲起，不見長空皓月，唯有刀光肅殺。再抬眼望去，竟是滿林竹枝盡折，雲銷雨霽——

雨停了。

謝鏡辭贏了第一場。

她的刀意將金光罩擊得粉碎，擊中龍逍胸口。饒是體修也無法抵禦這般攻勢，在蕭蕭下落的竹葉裡，陡然卸去力道。

「謝小姐刀法精湛，在下自愧不如。」

一場對決落罷，龍逍技不如人，輸得心服口服，正滿臉狼狽地擦拭鼻血，忽然瞥見跟前遞來一條手帕。

握帕的顯然是女子之手，他本想習慣性拒絕，順勢一瞥，不由怔住。

「你不該用那道金身訣。」孟小汀神色如常，語氣懶懶：「金身訣分散了你的靈力，導致無法與她相抗——若是竭力去拼，說不定能有機會。」

他差點就碰到她的手了。

龍逍鼻血流得更凶，一時心慌，乾脆捂住下半張臉：「是是是！我也這麼覺得！孟小姐說得真好！聽君一席話勝讀十年書！」

孟小汀被他逗得一笑，揮揮手中棉帕：「你快擦擦。」

她笑了。

她還給他遞手帕。

龍逍整個人呆住了，不知是被打得神志不清，還是被這個笑晃得失神，表情茫茫然：

「……可愛。」

謝鏡辭本在喝裴渡遞來的水，一口全嗆在喉嚨裡。

你有病吧！誰會把「可愛」這種話當面說出來啊！

孟小汀一愣，沒聽清：「嗯？你說什麼？」

「我我我，我說——」他自知失言，匆忙拿過手帕，往面上一抹：「可。唉，輸了傷心。」

龍逍的心在滴血。

他居然暴殄天物，用如此珍貴的手帕擦血，它髒了。

等回家親手將它洗乾淨，再好好藏在貼身儲物袋裡吧。

這場比試結束，緊隨其後上場的，便是裴渡。

兩場擂臺不在一處，幾人收整一番，一起前往下一個場地。

「話說回來，」謝鏡辭一邊走，一邊悄悄向他傳音，「方才對決結束的時候，系統任務換了。」

裴渡動作一頓，語氣顯出微不可查的拘謹：「是什麼？」

他果然在緊張。

謝鏡辭抿唇笑笑，神識上抬，看識海中浮現的文字一眼。

『當前人設：最後一份驚喜，不如來隻小野貓吧！』

聽各路霸總王爺說了那麼多次「你這個小野貓」，總算來了回真的。

這個人設是被男主收留在家的貓妖，對男主人公一見鍾情。比起之前懵懵懂懂的兔子精，貓妖主動得像團火，言行舉止皆是撩人，毫無下限。

謝鏡辭輕咳一聲，察覺到少年僵直的脊背。

「這一次，」她向身側靠近一步，薄唇漸漸貼向裴渡耳朵，笑意不止，「我是裴渡哥哥的貓。」

即便知曉謝小姐是在打趣開玩笑，他還被那聲「哥哥」灼得耳廓發熱，聽她笑得更歡：「貓和兔子一樣，也是要摸一摸的，對吧？」

此地乃是莊嚴肅穆的仙會，在來來往往的人潮裡，他們卻在做這種事情。

裴渡側臉更熱，低低應她：「……謝小姐。」

「無論哪裡都可以哦，像是耳朵，頭頂——」謝鏡辭說著一頓，咬字突然清晰許多，帶著說不清道不明的曖昧，尾音上揚如鉤：「或者……尾巴。」

尾巴。

她哪裡會有尾巴，尾巴所在的位置……

心裡湧起不應有的念頭，僅僅因她一句話，裴渡便側臉驟紅。

他正行在長梯上，聞言心下一空的同時，不成想腳下亦是一空。

時值尋仙盛會，抬眸望去，能見到連通各個擂臺的百步長梯，雲蒸霧繞，仙鶴騰翔。

除此之外，還有一道從山頂往下摔的影子，筆直又迷茫。

漫漫長梯間，響起莫霄陽一聲撕心裂肺的痛呼：「裴渡——！」

第十三章　對手

裴渡登上擂臺時，頭頂著一片醒目紅腫。

幸虧玄武境不會當真置人於死地，否則按他那般下跌的模樣，只怕會成為修真界頭一個在臺階上摔死的修士。

俗語有言，好事不出門，壞事傳千里。繼「白婉為何那樣」之後，「裴公子為什麼會從百步梯縱身躍下」，成為修真界八卦圈的頭號謎題。

無論何時，八卦群眾的力量永遠都不容小覷。

對於這個問題的解答，上有「裴渡欲練天外飛仙」，下有「癡情劍修為情所傷，一怒之下凌空跳起」，形形色色，不一而足，聽得謝鏡辭笑個不停，身旁的裴渡則是沒臉再去見人，任由她在額頭上摸來摸去。

也正因如此，當大比正式拉開序幕，劍宗夏嘆塵在見到他的第一眼，沒忍住噗嗤笑出了聲。

「謝小姐。」

莫霄陽雖不知道她對裴渡說了什麼，卻見過謝鏡辭踮腳在他耳邊低語的動作，以及後者陡然通紅的耳朵。裴渡向來嚴謹認真，會摔下百步梯，定然與她脫不了干係。

他看得嘖嘖搖頭，一邊觀戰，一邊小聲道：「對老實人好點吧，看看孩子都被逗成什麼樣了。」

孟小汀雙手環抱在胸前，冷冷一哼：「又在出餿主意，所以你才這麼沒有異性緣。」

裴渡這一戰並不算難。

夏嘆塵身為劍宗親傳弟子，同樣是個小有名氣的劍術英才，只可惜身法與修為皆落後一頭，當湛淵劍光乍起，渾然沒有抵擋的實力。

擂臺戰上，每個修士都有自己的戰鬥風格。

有人身手詭譎莫測，擅長逗弄人心、花招頻出；有人出招凌厲狠辣，講究一擊斃命，不給對手留下任何反抗餘地；亦有人時時謹慎，習慣循序漸進，逐步試探對方實力。

裴渡的個人風格同樣十分明顯。

他行事一氣呵成，絕不拖泥帶水，無論面對強弱如何、名聲怎樣的對手，都會嚴肅以待，盡力迎戰。

充分尊重每一位敵人。

當湛淵出鞘，清風迴旋不休。凜然劍氣纏繞如枝，結出簇簇冰霧，當嗡鳴聲起，少年動身之際，引落千縷白芒。

很難想像，這個眉宇冷然、默然不語的強大劍修，在不久前因太過害羞，摔下了高高長梯。

謝鏡辭想到這兒，不由抿著唇無聲笑笑——那是只有她才能見到的景象，其他人誰也瞧不了。

在旁人眼裡，天生劍骨的小裴公子向來清冷寡言、溫潤疏離，蕭蕭肅肅，好似山巔之上新生的雪，雖說清潤漂亮，卻不易消融，更不易接近。

唯有謝鏡辭知道他臉紅害羞的模樣。

他攻勢又狠又快，毫無懸念贏了下來，再往下，便輪到莫霄陽的擂臺。

與莫霄陽對峙的是個樂修，名為施旖，生得清清冷冷，善用箜篌。

鬼域裡的魔修大多修習刀法與劍術，對於那樣一群成天喊打喊殺的大老粗來說，樂器不但繁瑣，打起架來也不夠直截了當。

他極少遇到樂修，對決甫一開始，吃了不少虧。

樂修以樂為武，可化音律為罡風，殺人於無形之間，奇詭莫測。他莽慣了，本想採用直來直往的戰術，沒想到還未衝上前去，便被一道疾風狠狠撞在胸膛，劇痛蔓延。

那邊的施旖未做停頓。

箜篌之聲初初平緩如流水，悠悠迢迢，攜來清風點點，似雨滴雜亂無章，遍布身前。待得靈力充盈，盡數凌空浮於莫霄陽身邊，樂音便是驟然一揚，剎間顯出石破天驚之勢——方才還宛如雨絲的靈力，須臾凝結上湧，恍若千千百百箭在弦上，一併向風暴中心的少年猛攻！

「哇——」但見臺上女修徐徐而立，指尖輕動，自有如潮殺氣奔湧不休。孟小汀由衷感嘆：「不愧是樂修，連打起架來也這麼好看——莫霄陽能撐住嗎？她的攻勢看起來好凶。」

若是她在場，估計已經被打成了篩子。

「施旖實力不弱。」謝鏡辭目光緊緊定在擂臺，冷靜分析：「她在宗門中獨樹一幟，雖是樂修，殺意卻極重，莫霄陽想破局，唯有比她更凶更戾。」

話雖如此，但樂音不絕，想破開層層桎梏談何容易。

「破局？我看很難。」看客席上，有人俯身一望，搖頭接話：「施旖是留音門掌門的親傳弟子，自小便天資出眾，雖為樂修，戰力卻是不俗——與她對決的少年名不見經傳，連名字都沒聽過，想必沒能混出什麼名堂，憑什麼與她相爭？」

孟小汀平日裡是他當之無愧的損友，聞言猛地回頭，義正辭嚴：「莫霄陽從鬼域來，在這之前，當然沒人聽過他的名字。」

修真界裡最不受待見的，毫無疑問是擅走歪門邪道的邪修，除此之外，便是魔修。

雖說當今的四海八荒少有偏見，但鬼域畢竟與世隔絕，大多數人對於魔修的印象，還停留在邪魔橫生、危機四伏的鬼塚。

那人聞言吸了口氣：「怎麼是個魔修？魔修也能參加尋仙會？」

「魔修又如何，不殺不搶，也不會在背後嚼人舌根。」謝鏡辭亦是偏轉視線，淡淡瞥他一眼：「莫霄陽很強——比你強得多。」

箜篌之聲好似高山流水下，天邊明日朗朗，映出繁複錯雜的紛然白芒。一時樂音橫蕩而過，匯作九天鳳鳴，音韻綿綿，莫霄陽出劍愈快，目光稍凝。

他若是在第一場就倒下……未免也太掉師父的面子了。

鬼域裡多的是窮苦人家，他在很小時就被父母丟棄，是因遇到周慎，才得以吃上飽飯，接觸到人生裡最重要的劍。

他其實很笨，課業不用功，詩詞記不住，常常鬧出笑話和烏龍，唯一讓師父感到欣慰的，便是一身劍術。

他的師父年少時鮮衣怒馬、所向披靡，也曾揮劍斬邪魔、挽救蕪城，若是待他從鬼域出來，得知心愛的弟子仍然一無是處，那未免太讓人失望。

他與師父做過約定，要在修真界裡闖出一片天地，也想讓更多人知道……周慎的弟子不是廢物。

施旖的樂音越來越急。

謝鏡辭已隱隱察覺，她快要跟不上莫霄陽出劍的速度。

這是周慎教給他的劍術，雖然置身於永不見天日的幽深鬼域，卻熾熱明朗、有如烈陽。

劍光肅肅，靈力相撞，引得萬仞疾風。

謝鏡辭眼底溢出一抹笑。

疾風起，雲中一聲淒然鳳唳。

昆山玉碎，銀瓶乍破，劍氣衝破清冷白芒。少年身法令人目不暇給，轉瞬間，禁錮驟破，而那一束燦燦朝陽，已然直攻樂者面門！

身後窸窸窣窣的議論聲瞬間歸於寂靜。

施旖擰眉，手中動作愈快，比起之前的步步為營，顯出幾分匆忙慌亂。

靈力化作利劍呼嘯，莫霄陽卻並未避開，劍法一變。

方才還是驕陽當空，轉瞬便爆裂如火，迸出勢不可擋的殺氣！

施旖瞳孔一縮。

嗡——！

疾風狂嘯裡，溢開一聲悠長嗡鳴，似清風徐然而落，弦音震盪不休。

再看她指尖，哪還有什麼音弦，不過兩條斷裂的白線，頹然墜在手邊。

莫霄陽亦是一愣。

「對對對不起！」他方才還是殺氣凌然，轉眼便變了神色，露出手足無措的倉惶：「我不是故意弄壞妳的武器，這這這得賠多少靈石？」

話音方落，忽然意識到此處乃是玄武境，一切由神識所造，當不得真。

莫霄陽老臉一紅。

這真不是他的錯，這叫窮鬼的本能。

施旖靜靜看他，半晌出聲：「我敗了。」

名門大派的弟子，多多少少都有點心高氣傲。

在此之前，她並未將這場對決當做一回事，此時此刻箜篌弦斷，才終於心服口服抬了眸，將陌生面孔的少年打量一遍：「道友劍法高超，不知師從何門何派？」

「我師父叫周慎，鬼域人。」少年咧嘴一笑，眼底明光晃晃，如有無邊亮色：「他是很厲害的大英雄。」

若是遇上旁人，聽聞「鬼域」二字，許會心生隔閡，不做回應。

但眉目如畫的女修不過無聲笑笑，瞥斷裂的弦一眼：「嗯。」

孟小汀過著舒舒服服的鹹魚生活，並未參加此次大比。

玄武境裡皆是死鬥，雖然不會對身體造成實質影響，但靈力與精力還是難免斷崖式下跌。待得莫霄陽比試落罷，一行人又簡單觀摩了幾場擂臺，很快便離開玄武境內，回房療養生息，為第二日的比試做準備。

玄武境連通識海，在玄武境裡受傷，神識會不可避免受到損害。

謝鏡辭一想到裴渡從百步梯摔下去的模樣，只覺心疼又好笑，隨他一並進了房間，用靈力替他修補創口。

靈力湧入識海，如流水潺潺。謝鏡辭力道很輕，一邊將手覆在他額頭悉心修補，一邊緩聲道：「是不是很疼？」

裴渡搖頭：「並無大礙，謝小姐無需擔憂。」

「喔。」她輕輕一笑：「那我之前在百步梯上提起的事情，你考慮得怎麼樣？」

……百步梯。

少年的長睫顯而易見一顫。

他不知道這是任務，還是謝小姐的真心話，恍然抬眸，見到她眼底快要溢出來的笑意。

「之前在凌水村，我有好好幫你。」謝鏡辭雙眼一彎：「裴渡哥哥也會幫我的，對吧？」

她坐在近在咫尺的地方，靠近時隱有清香。

裴渡只覺耳後驟然升溫，澀聲應答：「……嗯。」

他聽見謝小姐的笑。

這聲笑曖昧不清，讓兩人之間的溫度更熱，裴渡按耐住心臟狂跳，聲音竟很沒出息地微微發啞：「應該……摸哪裡？」

「哪裡？我也不知道——我又不是真正的貓。」

這絕對是謝小姐的自作主張。

她眼中沒有執行任務時的複雜神色，唯有笑意滿滿當當，忽然之間靠得更近，向前一動。

她坐在他腿上。

柔軟的觸感伴隨著輕和溫度，裴渡驟然屏住呼吸。

這也……太近了。

而且這個動作——

他不敢動彈，偏生謝小姐笑意沒停，替他順好耳邊一縷落髮，聲音有如蠱惑：「要不，你自己來試著找找？」

熱氣轟地上湧。

他感受到對方宛如實體的目光，心跳前所未有的快。在一片滾燙的寂靜裡，裴渡遲疑稍許，笨拙抬起右手。

指腹最先觸碰到她的頭頂。

少女的髮絲柔順溫馴，如冰涼綢緞傾瀉而下，他生澀地撫摸，聽見她的輕笑：「好像不是這裡。」

於是他繼續往下，依次途經黑髮，額前，以及少女白嫩的臉頰，用掌心勾勒出她精緻的輪廓。

謝小姐的臉也是極熱。

可她仍然噙了笑：「也不是這裡哦，要不要試試別的地方？」

室內落針可聞，窗外隱約傳來鳥雀的三兩聲啼叫。

謝鏡辭聽見自己的心臟在砰砰直跳。

這並非系統給出的任務，而是她的蓄謀已久。

喜歡一個人的時候，便會情不自禁想要接近他，與他親暱，同樣地，也渴望著他的觸碰。

在百步長梯上，對裴渡說出那一番話時，她就已在心裡暗暗做了這個打算。

她還是頭一回主動說出這種話，心中緊張得有如火山爆發，然而見到裴渡滿臉緋紅不知所措的模樣，又情不自禁想笑。

真的好可愛啊。

這樣一來，反而讓她愈發不願停下。

他的脊背被禁錮在椅背，身前則是少女柔軟的身軀。這是一種極致溫柔的束縛，空間狹窄逼仄，連空氣都是濃稠滾燙。

裴渡指尖一動，來到她圓圓小小的耳垂，輕輕按揉。

他彷彿在觸碰易碎的瓷器，蜻蜓點水之後稍稍用力，生出無影無形的電流，有點癢。

謝鏡辭忍下心中羞赧，側頭蹭蹭他手背：「好像還不夠哦。」

救命救命，這是什麼虎狼之詞。

可是她說完以後又好開心，眼看裴渡眼底蕩出朦朦水光，嘴角幾乎要咧到天上。

對不起，裴渡，居然把快樂建立在你的痛苦之上——但你一定也不討厭對吧！

她仍舊牢牢注視著他，沒停下蹭弄的動作。裴渡感受到手背溫度，在毫無遮掩的親暱之下，整顆心臟都快化開。

謝小姐真是——

他根本拿她沒有辦法。

於是掌心一收，再往下。

她的脖頸同樣泛著淺粉，覆著薄薄一層皮肉。裴渡不敢用力，劍繭無聲拂過，呼吸亂得沒有分寸。

「貓咪應該這樣摸嗎？」

耳邊是她自己瘋狂躍動的心跳。

謝鏡辭順勢低頭，吻上他手心，柳葉眼則是稍稍一抬，暈開一片桃花色：「要不要……試著再往下一點？」

裴渡曾抱過貓。

其實他很少有機會能見到這種動物。裴府戒備森嚴，四面八方皆設有陣法，連鳥雀都難以進入；學宮則居於群山之巔，巍巍峨峨，高不可攀。

見到那隻貓，是在年紀尚小的時候。

那時他的酒鬼父親剛過世不久，裴渡無處可去，只能一個人勉強過活、自力更生，常常是吃了上頓沒下頓，被風寒折磨得只剩下半條命。

突然出現在家門前的貓卻嬌貴許多。

牠渾身雪白，瞳孔則是澄澈如海的藍，四肢纖細靈巧，只需輕輕一躍，便躥到柵欄上，高高揚起下巴。

與牠的矜嬌整潔相比，穿著粗布衣裳、骨瘦嶙峋的男孩顯得可悲又可憐。

他沒時間與同齡人嬉戲玩樂，更沒有進入私塾讀書的機會，在其他孩子眼裡，無異於一個孤僻沉默、極端不合群的怪胎。

那時裴渡沒有朋友，在空蕩寂靜的院子裡，那隻貓是唯一的客人。

或許正因為這樣，男孩才會小心翼翼靠近，想去抱抱牠。

在那之前他從未抱過貓貓狗狗，特地擦淨了手裡的薄灰，動作笨拙得有些好笑。當掌心與牠相觸，裴渡聽見一聲受驚的貓叫。

和其他人一樣，那隻貓也不喜歡他。

牠厭惡陌生人的觸碰，電光石火間猛地躲開，轉身向遠處奔去時，連一個眼神都沒留下。

裴渡只能眼睜睜看著那團雪白消失不見。

他沒有留下牠的理由，連觸碰都是一種驚擾。

謝小姐說……她是他的貓。

像是突然被糖果砸中，濃郁糖漿往四面八方散開，一點點填滿曾經皸裂的豁口。

而今她正坐在他腿上，低頭與侷促的少年默然對視，裴渡喉結滾落，眼尾生出莫名的燙。

於是右手踟躕著移動，劃過衣襟下纖細的鎖骨，來到鎖骨之下，便再也沒辦法繼續往前。

春日衣衫單薄，能很容易看清身體輪廓。

謝鏡辭今日著了條淺白長裙，雲紗輕軟，指尖落於其上，好似掠過悠悠雲端。循著視線向下看去，在布料包裹之中，能清晰望見起伏的弧度。

只是這樣匆匆一瞥，裴渡就像被猛地一燙，倉促移開視線。

他雖然渴慕著謝小姐，卻絕不會放任欲求，對她做出逾矩之事。若說碰到那種地方……

裴渡只覺識海中灼熱更甚。

少年骨節分明的手指經過短暫停留，陡然變了方向，自鎖骨往裡，來到後頸。

他果然沒有向下。

裴渡最能忍，無論被撩撥得多麼難捱，都必然不會冒犯她。

僅憑這一點，就足以讓她情難自禁地想笑，以及不可控制地瘋狂心動。

這也太太太可愛了。

她腦海裡突然浮起一個危險的念頭：兔子被逼急了也會咬人，倘若裴渡這副溫潤正經的性子被一點點剝去，那會是什麼模樣？

但謝鏡辭也只敢悄悄想一想。

裴渡的那幾次反撲讓她毫無招架之力，要是再來一回，她還真不知道該如何應付。

右手漸漸來到她的脊背，沿著脊骨下行，裴渡稍一用力，便將她擁入懷中。

謝鏡辭聽見他又快又重的心跳聲。

也很不合時宜地，耳邊傳來另一道突兀聲響。

『叮咚！檢測到對應場景，人物臺詞已發放！』

『系統準備中，請稍候……』

聽見熟悉的系統叮咚響，謝鏡辭腦子裡只剩下兩個字：完蛋。

她知曉分寸，即便厚著臉皮逗弄裴渡，也絕不會做出過火的舉動，但這個人設它偏不。

什麼叫小野貓。

既狂又浪，一心只想搏得男主寵愛，沒有羞恥感，更不會感到害羞，可謂花招百出，無所不用其極。

再看識海裡浮現的字句一眼，謝鏡辭險些心跳驟停。

裴渡對這出變故一無所知，似是當真在撫摸一隻貓，手掌在脊骨上下拂動，帶開雲紗上的絲絲褶皺。

他不知道怎樣才能讓謝小姐感到舒適，只能竭盡所能地認真去做。一瞬寂靜後，裴渡聽見她的聲音：「這裡好像也不對。」

一隻手環上他腰間。

謝小姐聲音未變，卻不知為何多了幾分引誘般的濃甜，開口時呼吸灑在他胸口，像貓爪輕輕一撓：「沒關係，你想對我做什麼事都可以哦。」

她說著在他胸前一蹭，嗓音中笑意更濃：「——主人。」

謝鏡辭：「……」

救。命。

啊啊啊啊這到底是誰想出來的臺詞！這種羞恥程度是認真的嗎！接受不了吧，正常人都會覺得接受不了吧！

裴渡的心跳很明顯一停。

然後是更劇烈的撲通撲通。

可憐孩子一生循規蹈矩，連牽個小手都覺得緊張，哪曾見過這種場面。

他一時亂了陣腳，又聽身前的謝小姐繼續道：「如果不知道應當如何來做……不如讓我來教教你吧？」

謝鏡辭臉紅得像蝦。

在平日裡，她絕不可能親口說出這種話，此刻當著裴渡的面講出來，雖然的確感到了鋪天蓋地的羞恥……

但她的嘴角居然在莫名其妙上揚，並且笑得越來越歡是怎麼回事！看裴渡慌亂無措真的好讓人快樂！

她真是太喜歡太喜歡他了。

指腹按在少年勁瘦的腰線，當她輕飄飄地下滑，引出連綿不絕的暗電。

裴渡顫慄一下，喉音微不可聞：「謝小姐……」

他雖然用了些許抗拒的語氣，身體卻誠實地沒有動作，在下一瞬，又是兀地一抖。

——謝鏡辭拇指與食指悠然一旋，捏起腰上一團柔軟皮肉，撓癢般動了動。

她感到裴渡連呼吸都在顫。

這是種很奇妙的體驗，雖覺羞赧不堪，卻又心甘情願沉溺其中，甚至被他的反應取悅，沒辦法停下來。

她真是壞透了。

「是這裡嗎？」

對不起，裴渡。

她還擅自加詞。

謝鏡辭聲音裡的笑快要往外溢，見他咬著牙沒出聲，手上又是用力：「是不是呀？你不說，我沒辦法知道。」

少年將她抱在懷中，身體的一切反應無處可躲。裴渡呼吸更重，半晌才答：「……是。」

「那就找到其中一處了。」她語意輕鬆，手指輕輕畫了個小圓：「還有沒有別的地方？我想想，腦袋、耳朵、後背都已經嘗試過——」

伴隨著氣音般的笑，手掌向右，來到他的小腹。

在此之前，謝鏡辭只握過他的手臂，修長漂亮，清晰可辨肌肉流暢的輪廓。此刻指尖撩過薄薄衣衫，只需一按，就能觸到堅硬的腹肌。

「謝小姐，」裴渡嗓音極低，「……感覺很奇怪。」

他說不清那是一種怎樣的感受，又羞又癢，卻彷彿得不到滿足，滿身血液都在叫囂著想要更多。

若是讓謝小姐知道他竟這般猛浪浪——

「這裡也是嗎？」謝鏡辭瞥一眼識海裡的字句，指尖流連於腹肌的輪廓，一塊塊依次勾勒：「你說，接下來，我應該往上還是往下？」

太會了太會了，不愧是你，小野貓！

她悟了！

上是胸口，下是大腿，無論哪個選項都能令人臉紅心跳。

這種未知的等待最讓人提心吊膽，謝鏡辭被熱氣沖昏了頭，腳趾下意識蜷緊，伏在裴渡身前一聲不吭。

「謝小姐。」他自然也明白這句話裡的意思，心尖彷彿被緊緊懸在半空。無論怎樣選擇，於他而言都是逾越，無疑會對謝小姐生出冒犯，裴渡下意識想要推拒：「不用——」

「你不想要？」不等話語落畢，懷裡的少女便抬頭蹙眉，自他胸口退開：「從一開始就是這樣……連碰一碰都不願意，你是不是討厭我？」

謝鏡辭覺得，系統給出的這句臺詞有些危險。

這是再明顯不過的激將法，帶著十足挑釁，任誰聽罷，都不可能無動於衷。

更何況對方還是裴渡。

她開口時心臟砰砰跳，等說到下一句，更是莫名生出一絲緊張，緊緊盯著裴渡眼睛：「哪有不願摸貓的主人。你若是不喜歡，那我就去找別人了。」

他長睫一動。

完了完了。

她方才分明見到……裴渡皺了眉。

少年劍修膚色冷白，唯有一雙鳳眸漆黑，眼底漸漸生出看不明晰的情緒，如同暴風雨前夕，即將刺破天空的閃電。

方才還曖昧淌動著的空氣陡然凝固，謝鏡辭不由一慌。

很危險。

前幾次被他死死壓制的記憶一股腦湧上心頭，此時系統給出的任務圓滿結束，她輕咳一聲，迅速從裴渡腿上下來：「這個，這是系統強制的臺詞，你知道的，它總愛給一些奇奇怪怪的話，不必當真——」

話音未盡，這回輪到謝鏡辭屏住呼吸。

裴渡隨她從木椅上起身，不由分說向前一步，薄唇熾熱，重重下覆。

他用著從未有過的力道，舌尖撬開她唇齒，有如攻掠城池，肆意攫取每一寸吐息，霸道得不講道理。

像要把所有沸騰的、滾燙的、壓得人透不過氣的感情，一併傾瀉給她。

謝鏡辭被吻得發懵，試圖後退一步繼續解釋，裴渡卻不留出絲毫間隙，步步緊逼。

等她退無可退，才發覺自己到了床頭。

一隻溫熱的手覆上她側身。

女子的身形比男人纖細許多，加之裴渡五指修長，輕而易舉便將其攏住，緩緩一按，柔軟如水波。

救救救救命。

……那種地方不能隨便碰的！

裴渡沒有停下的意思。

由於毫無經驗，少年的觸碰亂無章法，卻也正因如此，輕重不一、四處遊弋的力道才顯得更捉摸不透。謝鏡辭猜不出他下一步的動作，又躲不開愈來愈重的吻，只能聽憑癢意橫生，渾身止不住發抖。

她嘗試推了推，沒得到任何應答。

她完蛋了。

什麼叫自討苦吃自掘墳墓。她幹嘛要心血來潮，教裴渡玩一些摸來摸去的缺心眼遊戲……她哪知道他會這麼凶。

自腰間生出的電流迅速蔓延，謝鏡辭連小腿都沒了力氣，被裴渡護著後腦勺輕輕一壓，倒在床鋪之上。

腰腹滿是抓心撓肺的癢。

她聽見自己隱隱加重的吐息，以及裴渡悄然抬頭，自喉間發出的低語：「我能做好，謝小姐……別不要我。」

他雙眼暗得驚人，雖然吐出了這般言語，再傾身吻下，力道卻仍是強橫。

她感到裴渡的右手稍作停頓，似是終於下定決心，僵硬著向上。

謝鏡辭這回澈底不敢亂動。

指尖小心翼翼，只隱隱貼上一道若有似無的輪廓，便不再往前。

裴渡定然也在緊張，連親吻都停了下來，眼底危險的暗色褪去，面上再度泛紅。

「那是系統強塞的臺詞，真的！」相貼的薄唇出現一瞬間隙，謝鏡辭終於尋到可乘之機，喘著氣小聲解釋：「我怎麼可能去找別人，有你就夠了。」

空氣濃稠溫熱、靜謐無聲，臥房之內，只能聽見兩人交織的呼吸。

她腦子裡盛滿沸騰的水，瞥見裴渡欲意未退的黑眸，匆忙又道：「裴渡最好了，相貌劍術性情我都喜歡得不得了，連方才——」

……她到底在胡言亂語什麼啊。

箭在弦上不得不發，謝鏡辭停頓須臾，竭力忍下赧然，乾脆豁出去一把：「連方才伸手過來之後……也做得很好。」

一句話說完，謝鏡辭生無可戀。

蒼天可鑑，她的措辭已經足夠委婉，在這種情況下，總不可能大大咧咧告訴他：裴渡，你很會摸，我很喜歡。

她會羞愧至死的。

裴渡回以一瞬的沉默。

他微抿了唇，再開口時，緊張地低聲問她：「謝小姐……喜歡嗎？」

這要她怎麼回答啊！

謝鏡辭沒臉面說話，只低低應了聲「嗯」。

裴渡似是覺得開心，嘴角隱約浮起上揚的弧度，末了一頓：「別不要我。」

當然啊！

她用力點頭。

他鬆了口氣，脊背仍舊緊繃：「……也不要去找其他人。」

這道嗓音溫柔得像水，帶著希冀與祈求，能將她的心瞬間化開。

謝鏡辭輕輕吸了吸氣：「嗯。」

這聲應答毫不猶豫，裴渡笑意更深，略作思忖，再度俯身。

「不用不用！」方才的親吻太過激烈，她仍有些喘不過氣，往後一縮：「系統已經停了，沒關係。」

裴渡卻是不語，右手錮住她的腿，不由分說往前一拉。

於是謝鏡辭靠他更近，雙腿抵在他腰間，抬眼望去，是少年晦暗不明、陡然近在咫尺的黑眸。

那雙眼睛裡藏匿著太多太多情愫，因被塵封已久，顯得幽深晦澀，如同海底暗潮翻湧，隨時會一擁而上，將她吞沒。

他放任這些情愫緩緩溢出。

裴渡低頭，指尖劃過她腰線，感受到姑娘的輕輕一顫：「……謝小姐，我還想要。」

謝鏡辭被吻得有些懵。

裴渡的動作雖然仍有些生澀，卻比曾經的懵懂試探熟稔許多，薄唇碾轉之間，柔軟的觸感侵入血液乃至骨髓，裹挾著淡淡樹木香氣，輕而易舉便能叫她目眩神迷。

即便是這種時候，他仍在顧及謝鏡辭的感受，力道雖重卻不凶，唇瓣柔軟得好似白玉糕點，自有無盡清甜。

全都怪系統那些亂七八糟的臺詞。

倘若不是受它驅使，讓她不得不講出那般挑釁的話，裴渡也不會——

謝鏡辭仰躺於床前，倉促吸了口氣。

她雖然早就猜出裴渡會被激到，但無論如何也不曾料想，他的反應會如此激烈。

除卻狂躍不止的心跳，一個念頭悄悄浮在心上。

她似乎……打開了某個不得了的開關。

在今天以後，她還能在裴渡面前胡作非為、耀武揚威嗎？

察覺到她凌亂的呼吸，裴渡身形微頓，稍稍抬頭，將薄唇移開。

他定是見到謝鏡辭通紅的側臉，喉結一動，自唇邊揚起毫不掩飾的弧度。

……他還笑！

謝鏡辭耳後更熱，抬手戳一戳他肩膀：「不許笑。」

裴渡乖乖點頭：「嗯。」

他說著抿了唇，奈何口中雖是這般應聲，嘴角卻仍是輕揚，自頰邊露出兩個圓圓小小的酒窩。

謝鏡辭被他笑得又熱又燥，連裴渡眼睛也不敢看，見他沒再繼續，悶聲道：「……結束了？」

「結束了。」覆在腰間的右手無聲移開，順勢向上，指尖落在她側頸上，順著頸骨輕輕一劃。

他眸底尚有溫存的暗色，語氣卻是克制，溫聲應她：「接下來的事……便等成婚後再做吧。」

他心中喜愛幾乎要溢出，無時無刻不想將她據為己有，但裴渡亦心知肚明，應當給予謝小姐尊重。

對哦，成婚。

他們兩人如今的身分是未婚夫妻，比起真正的道侶，中間終究還是多了層模糊不清的紙。她沒想太多，依著裴渡的意思開口：「我們應當何時成婚？」

她說得又輕又快，全然沒經過思考，等話音落下，才陡然意識到不對。

裴渡剛說成婚後再繼續接下來的事，她下句便問，何時才能結為道侶。

這這這、這樣聽來，豈不像她十分期待同他這樣那樣，雖然她的確有那麼一丁點兒小期待……

但絕對不能落在裴渡耳朵裡！

謝鏡辭：「你不要想太多！我沒別的意思，只是單純想問這個問題，真的！」

——更顯得欲蓋彌彰了可惡！

她被自己弄得面紅耳赤，近在咫尺的裴渡卻是一怔，黑眸安靜，定定凝視她的眼睛。

眼底暗色褪去，由淡淡的拘謹取而代之。

謝鏡辭看見他長睫微動，開口時小心翼翼、懷著怯怯的希冀：「謝小姐……想同我儘快成婚？」

他在緊張。

一面是瘋狂渴求，一面是自卑，兩種截然相反的情緒彼此交纏，映在少年漆黑的鳳眸，也落在謝鏡辭眼中。

她都明白。

「對哦。」

她雖是處於被動姿勢，仰面躺在床褥之間，雙臂卻不由分說上抬，環住裴渡泛著緋色的脖頸，感受到後者愈發劇烈的脈搏。

日光熹微，謝鏡辭向他露出毫不設防的笑，眼角眉梢盡是微光：「因為實在太喜歡裴渡啦，想離你更近一點。未婚夫妻隔得太遠，思來想去，還是道侶更適合我們，對吧？」

按在她側頸的拇指用力一撫。

裴渡心動得難以自製。

說不緊張自然是假的。

這是他憧憬了整整十年的願望，原以為自始至終皆在孑然獨行，一抬眼，卻見到謝小姐的影子。

她是一路小跑著過來的。

不似他拘謹寡言，她的腳步輕快肆意，所過之處萬物逢春、生出無邊亮色，帶著暖融融的春光，毫不猶豫奔向他。

何其有幸。

笑意自眼底流瀉而出，裴渡情不自禁地揚唇，抬手摸摸她頭頂，再度俯身。

薄唇綿軟，落在謝鏡辭白皙額頭：「嗯。」

婚事之後再議，如今最重要的，還是萬眾矚目的尋仙盛會。

謝鏡辭雖然並未收回被憶靈奪走的神識，但好在爹娘足夠可靠，於她昏迷不醒的一年裡四處求藥，對於識海修復大有裨益。

加之歸元仙府的歷練滋養了識海，讓創口得以緩慢癒合，她如今恢復大半，已然到了元嬰五重的修為。

五重，在所有元嬰修士裡算作中游水準。

尋仙會根據練氣、築基、金丹、元嬰、化神，將前來參賽的修士分為五個大組。雖然彼此之間大境界相同，元嬰遇到的對手都是元嬰，但要論實力，卻是千差萬別。

打個最直觀的比喻，一個剛剛成為元嬰的遇上一個即將突破化神的，其中差距不言而喻。

好在他們一行人的戰果都還不錯。

裴渡身為奪魁大熱門之一，場場皆是游刃有餘，無一例外能把對手打得心服口服；莫霄陽自鬼域而來，劍法詭譎莫測、殺機極重，一路高歌猛進連勝數場，只可惜敗在自己莽撞的性子，止步於前八。

謝鏡辭則是出了名的下手狠辣、不留情面，一向講求速戰速決，往往一開場便威壓全開，攻勢又急又凶，根本不留給對手絲毫喘息的時間。

也正因如此，喜提了「最不想遇到的對手」排行榜第二名。

說來很巧，今日在四進二的半決賽擂臺上，她所對上的，正是這排行上的頭名。

更巧合的是，莫霄陽便是敗在這名鬼修手中。

鬼修名為烏澤，是個身形瘦高的蒼白青年，狐狸眼時時彎起，卻無甚笑意。

烏澤乍一看去與常人無異，然而細細端詳，輕易便可察覺瞳仁中黯淡赤紅的血光，被長睫無聲一遮，顯出幾分朦朧詭譎之色。

二人對決的擂臺，是在一片無垠荒漠之上。

入夜的沙漠寒風四起，撩動黃沙滾滾，輕煙漫天。天邊一輪孤月皎皎，亂雲泠泠，映出星漢無波。

「鏡辭修為不及於他，若想贏下此局，恐怕不易。」看客席上，一老道輕撫白鬚：「鬼修難辨莫測，此番定是苦戰。」

謝疏聞言點頭，視線一刻不離擂臺。

鬼修是極罕見的一種「道」。

欲想修煉鬼道，必須捨棄凡俗肉體，以魂魄為引，護得識海無恙。此法超越生死之間，需以極強意志挺過神識渙散的前期，雖然修行艱難，一旦修為有成，便可驅馭萬鬼，坐擁陰陽之力。

鬼修已經足夠棘手，偏偏她對上的還是烏澤。

能登上「最不想遇見的對手」頭名，這位鐵定不是一般人。與講求速戰速決的謝鏡辭不同，烏澤即將邁入化神期，實力比大多數人高出不少，因而心高氣傲，對勝負並不在意，唯一熱衷的，是用鬼術折磨戲弄對手。

聽說此人性情古怪，不會輕易置人於死地，而是令其求生不得求死不能，只能苦苦掙扎求生。有人不堪忍受，甚至當場親手結束自己的性命，狼狽離開玄武境。

一人嘆道：「烏澤已有百歲，謝鏡辭不過初初離開學宮，依我看來，很難勝過他。」

他身側的青年懶懶應聲：「這不一定。」

「為何？」

青年抿唇一笑。

然後神色瞬間變得猙獰：「因為烏澤那混蛋遲早會遭天譴！居然讓我在臺上遭受那般奇恥大辱……謝鏡辭給我衝！」

謝疏輕咳一聲，回頭看上一眼，此人正是那恥辱自盡的倒楣蛋。

「沒錯。」不遠處一名女子咬牙切齒：「烏澤算什麼東西？謝鏡辭定能把他揍成泥！」

俗話說得好，敵人的敵人就是朋友。烏澤在擂臺上得罪了那麼多人，如今搖身一變，全成了謝鏡辭的臨時親友團，盡心盡責之程度，連謝疏雲朝顏都甘拜下風。

臺上的謝鏡辭不會想這麼多。

鐘鳴已起，擂臺驟開，任何多餘的思緒都可能導致敗北。

「鬼哭刀。」烏澤朝她笑了笑，一眼認出謝鏡辭手中長刀：「刀是好刀，只願莫要被主人辱沒，變成一無是處的廢鐵。」

這是句明顯不過的挑釁，謝鏡辭回以微微一笑。

這彷彿是個無聲的訊號。

兩人同時動身，周遭冷風乍起，只聽萬千鬼哭，千百嗚咽，空蕩無物的大漠暗芒迴旋，竟不知自何時起，生出了道道鬼魅般的影子。

烏澤斂眉，於心中默念口訣。

鬼哭刀生性陰戾，以無數血肉滋養而成，是名滿天下的邪刀。謝鏡辭所習功法必定偏於陰寒，與他這個鬼修遇上，想贏，只能比他更戾更凶。

但區區一把刀，如何能抵禦千百邪祟？

訣畢風煙起，月下魍魎生。

浮動的暗影徐徐而出，好似墨汁四散，凝出不甚清晰的人形，稍一停滯，便如暗潮四起，倏然向謝鏡辭一人湧去！

鬼魅蕭蕭，長刀亦是蕭蕭。

謝鏡辭身法極快，鬼哭刀嗡鳴如縷、錚然不休，於側身之際劃出一道圓弧，好似紅月凌空，須臾一個變招橫刺而下，便將幽影攔腰斬斷。

鬼魅愈來愈多，匯作奔流之勢，幾乎遮掩了謝鏡辭的影子。

再看蒼蒼大漠，只見亂雲如絮，遮掩冷然月色。四下蔓延開血一樣的紅霧，石壁上、沙石中、地面下，皆湧現出混沌不堪的影子，只需一瞥，就能讓人脊背發涼。

「這——」孟小汀打了個哆嗦：「鬼修的招式都這麼可怕嗎？」

「孟小姐可是覺得害怕？」龍逍坐在她身後，聞言立刻接話：「我家的門客裡，有好幾個都是鬼修。不如我將他們引薦給孟小姐，平日裡多打一打練一練，膽量自然就上去了。」

莫霄陽神色複雜，有些同情地看他一眼。

「萬鬼噬心。」裴渡蹙眉：「這是烏澤常用的招式，能將對手困於幽冥之中，受百鬼啃噬……聽聞那位自行了斷的修士，就是受了這道邪法折磨。」

幽魂一個接著一個現身，彷彿沒有盡頭。

黑影太濃太重，圍在謝鏡辭身邊聚作一團，竟如同海浪浮空。孟小汀看得心驚膽戰，忽然瞳仁驟縮，猛地吸一口氣。

萬里風煙，一息霜月。

然而這輪月亮並非高高懸在天邊，亦非澄明亮黃，而是一彎殷紅如血，恣意騰捲於半空，旋即嗡地一鳴——

於是混沌鑿開，翻江倒海捲巨瀾。

勢不可擋的刀風急急如刃，劃空之際盡斬西風。

謝鏡辭已被啃咬出道道血口，血珠如縷落於刀尖，再被用力前揮，散在濃稠紅霧之中。

鬼哭迸發出前所未有的暗光，好似她握一輪血月在手，所過之處魍魎盡退，哀嚎聲聲。

她將靈力聚於長刀之中，所向披靡的煞氣蕭颯幽寒，因殺機太重，竟連鬼魅也不得不退避三舍，狼狽奔竄。

烏澤饒有興趣地挑眉，再起手，整個人身形驟暗，溶於淒淒暮色中。

「化魂。」莫霄陽生在魔域，對鬼修的功法瞭解頗多，下意識開口：「此法既可隱匿行蹤，也能使自己迅捷如幽風，偷襲常用。」

但烏澤此番用上，目的顯然不是為了偷襲。

謝鏡辭感受到空氣裡的靈力波動。

一股利箭般的氣息頃刻靠近，她堪堪閃過，下一瞬，又從四面八方湧來更多。

烏澤不會輕易置她於死地，但會於無形中將她死死壓制，如同逗弄無能無助的白鼠，在一旁興致勃勃觀察反應。

真是有夠惡趣味。

謝鏡辭皺眉，竭力感知他的動作。

對方無影無形，難辨行蹤，修為勝她許多，威壓一蓋，很難感應到氣息所在。

唯一能辨明來向的……唯有那一簇簇凌厲的風刀。

烏澤的動作毫無規律，但靜心細細思忖，尚有貓膩可尋。

他還在謝鏡辭身側飛速而行，循著狂風凌亂的軌跡，這一瞬在她身後，那麼當她出手的間隙，隔著數息——

只可惜修真界裡，尚未流行後世網路遊戲裡的「預判」一詞。

她並無十足把握，要想破局，唯有殊死一搏。

一束風刀刺向左臂，謝鏡辭並未躲開。

看臺之上，孟小汀屏住呼吸，看她側身握刀，向身前刺去。數道靈力劃過身側，引出鮮血如絲，在愈發濃郁的血霧裡，謝鏡辭眸光一動。

眼看長刀一往無前，於須臾之際，竟忽然生出變招，向斜後方向猛攻！

方才的直刺不過一道佯攻，避免他見勢閃躲。

孟小汀激動得一把揪住大腿：「烏烏烏澤！」

血霧橫飛，高挑蒼白的青年默然現身。他此刻已然無法抵擋，速速於心頭默念口訣，揮手回擊。

於是暗影叢生，滔天黑潮宛如翻江巨浪，頃刻間奔湧而前。他被迫還擊，卻心知肚明，謝鏡辭不可能贏得了他。

他們兩人皆是修習陰寒之術，而論修為，他定然淩駕於對手之上。

謝鏡辭卻是一笑。

她擅長的……遠遠不只一種術法。

隨少女手腕輕揚，長刀掠空，走勢竟又是一變！

三尺白芒寒如水，躍躍沉吟欲化龍。

圓弧之上汙濁消散，退罷纖塵，宛如閒雲收盡，玉鏡空浮，一輪白泠泠的月牙灩灩團團，直斬龍闕，所向披靡。

百鬼叢生之際，月影初初浮空。

弦月生輝之時，邪祟魍魎皆散去，四下俱靜，唯有霜重雲疏。

烏澤滿腔自信，欲要與她一決高下，因而出手之際，會動用極陰極戾的功法，力求碾壓。

謝鏡辭早便猜出這道心思，揮刀所用的變招，正是最克制邪術的佛門術法。

「這是……」有人驚呼出聲：「佛門的『月下逢』？這不是棍法的走勢嗎？她她她、她怎麼用成了刀功？」

「謝鏡辭嘛，在學宮那會兒就是個老裁縫了，什麼都能學著用。」另一人嘖嘖稱奇：「不過鬼哭刀生性陰戾，她能以它用出這一招，實在不簡單。」

他身側的漢子倒是直爽，猛地一拍大腿：「這都能贏，厲害啊！」

刀尖對準青年咽喉的剎那，周遭風聲俱寂。

烏澤尚未從落敗中回過神來，神色微怔。

謝鏡辭方出學宮，在此之前雖然小有名氣，但於絕大多數人而言，只不過是個天賦異稟的小輩。

他是真沒想到，這丫頭居然會這一招。

鬼修遇上佛修，會儘量避免使用太過陰邪的術法，以免遭受壓制。想來她心知修為不敵，只能智取，從一開始便做好了打算，因而所用之術，都是規規矩矩的刀功。

他最後下的死手，反而成了作繭自縛。

「輸了輸了，沒意思。」烏澤踹開腳下一堆沙礫，聲調懶散：「喝酒去喝酒去，刀法還不錯。」

謝鏡辭揚唇笑笑：「前輩，承讓。」

她為靠近烏澤，來不及躲開四面八方襲來的風刃，如今傷口猶在生痛，但尚不可掉以輕心。

因為接下來……便是她與裴渡之間的對決了。

——《反派未婚妻總在換人設【第二部】嬌氣包與大魔王?!》(中卷)完——

——敬請期待《反派未婚妻總在換人設【第二部】嬌氣包與大魔王?!》(下卷)——

高寶書版集團
gobooks.com.tw

YE 089
反派未婚妻總在換人設【第二部】嬌氣包與大魔王?!（中卷）

作　　者　紀　嬰
責任編輯　吳培禎
封面設計　單　宇
內頁排版　賴姵均
企　　劃　何嘉雯

發 行 人　朱凱蕾
出　　版　英屬維京群島商高寶國際有限公司台灣分公司
　　　　　Global Group Holdings, Ltd.
地　　址　台北市內湖區洲子街88號3樓
網　　址　gobooks.com.tw
電　　話　(02) 27992788
電　　郵　readers@gobooks.com.tw（讀者服務部）
傳　　真　出版部(02) 27990909　行銷部 (02) 27993088
郵政劃撥　19394552
戶　　名　英屬維京群島商高寶國際有限公司台灣分公司
發　　行　英屬維京群島商高寶國際有限公司台灣分公司
法律顧問　永然聯合法律事務所
初　　版　2024年09月

本著作物《反派未婚妻總在換人設》，作者：紀嬰，由北京晉江原創網絡科技有限公司授權出版。

國家圖書館出版品預行編目(CIP)資料

反派未婚妻總在換人設．第二部，嬌氣包與大魔王？！/紀嬰著. -- 初版. -- 臺北市：英屬維京群島商高寶國際有限公司臺灣分公司, 2024.09
冊；　公分. --

ISBN 978-626-402-092-3(上卷：平裝). --
ISBN 978-626-402-093-0(中卷：平裝). --
ISBN 978-626-402-094-7(下卷：平裝). --
ISBN 978-626-402-095-4(全套：平裝)

857.7　　113013845

GOBOOKS & SITAK GROUP ©